魔豆

魔豆

異眼房東

日常生活

02

索命紅顏

香草——著

異眼房東の日常生活

【人物介紹】

安然

外表清秀，性格老實，
看起來很好欺負的模樣。
擅長家務與烹飪，
職業是會計。

林俊

容貌帥氣，衣著時髦，
性格開朗卻有少爺脾氣。
傲嬌屬性的大學生一枚。
與安然同住中。

林鋒

體格壯碩，眼神銳利，
左臂有大型刺青，武藝高強。
專門處理林家見不得光的事!?
目前與安然同住中。

白樺

深藏不露特案組組長，
聰明且身手不凡。
長相精緻，有著獨特魅力。
傳說中林鋒高手的勁敵!?

劉天華

愛好研究風水命理的大學生。
與家裡鬧翻，當起神棍賺取生活
費，時常在赤字邊緣求生存……
安然的損友兼鄰居。

異眼房東の日常生活 02

目錄

楔子

雖然初春天氣涼爽，但正午的陽光卻很毒辣。即使躲在樹蔭下，陳清還是熱得汗流浹背。

陳清目前所在位置是個高級住宅區，當中別墅林立，住在這裡的人非富即貴。此刻女子監視的其中一棟別墅，正是名導演李永榮的家。

清晨收到線人的情報後，陳清已在這裡站了大半天。抹去額頭的汗水，心想那個小明星晚上還有工作，應該要離開了吧？只要能拍到兩人幽會的照片，她這次工作便算完成了。

陳清從小立志要當記者，可惜當她眞正進入這一行後，才發現夢想與現實有很大的差距。想像中，記者是第一時間到達現場爲市民直擊最新消息的神聖職業，然而她卻成了娛樂記者，只能追著明星的屁股轉，正是俗稱的「狗仔隊」。

陳清有時也很迷茫，心裡總有聲音在質問自己，每天辛辛苦苦守候就只爲了拍明星的偷情照，這種生活眞是她想要的嗎？

就在她胡思亂想之際，小明星終於從導演家出來。陳清連忙舉起相機捕捉開門的瞬間，拍下李永榮與女子道別時的身影。

小明星駕著跑車離去後，李永榮便徒步往社區的便利商店走去，完成工作的陳清依舊留在原地，避免與對方碰面。雖然她與李永榮在新戲訪問時有過一面之緣，但對方應該不會認得她這個小人物。然而不怕一萬只怕萬一，陳清可不想拿自己辛苦守候整個上午的收穫冒險，決定先留在這個較爲隱蔽的位置。

很快地，陳清看見李永榮拿著一包香菸從便利商店走出。突然，有名年輕人往李永榮的方向奔去，邊跑邊大喊：「小心！」

李永榮卻恍若未聞，甚至無視交通燈號，直接穿越馬路……

一輛高速行駛的貨櫃車見狀連忙煞車，但這種大型車輛不是一踩煞車就能很快煞住的。

眼看導演就要被貨櫃車輾個稀爛，出於職業培養出來的自然反應，陳清飛快取出相機、接連按下快門，將整起意外過程拍下來。

就在她以爲李永榮絕對難逃一死之際，剛剛那名大呼小叫的年輕人已跑到李永榮身邊奮力一拉，硬生生把他從死亡邊緣救回來！

陳清見狀不禁吁了口氣。雖然李永榮的風評不怎麼好，但終究是條活生生的人命。即便無法拍下李永榮死亡的大新聞有點可惜，在看到對方逃過一劫時，她還是不禁爲對方感到慶幸。

因爲年輕人拉扯的力道太大，以致脫險後雙雙倒地。雖然兩人不免有些擦傷，卻沒有大礙。

李永榮心有餘悸地站起身，只見他拍拍身上的塵土，一臉感激地拉起地上的年輕人，嘴巴開闔著不知說了什麼，陳清猜測是些感謝的話。

看到這裡，陳清不由得感慨這個小伙子的好運氣。李永榮這個土豪人品雖然不怎麼樣，但對於救命之恩應該不會吝於回報，至少金錢上的感謝一定少不了，這也算是好心有好報吧？

相較於滔滔不絕的李永榮那劫後餘生的興奮表情，年輕人的臉上沒有表露出多少喜意，反而一臉爲難地猶豫了好一會兒，才開口向李永榮說了幾句話。

隨即陳清便見李永榮臉色大變，用震驚的眼神驚疑不定地盯著年輕人，片刻後竟落荒而逃地衝回屋裡，像是要逃離什麼恐怖的事物般，「砰」地把大門用力關上！

陳清還注意到李永榮用鎖匙開門時雙手顫抖，彷彿受到極大驚嚇。這發現讓陳清驚訝不已，畢竟身為導演應是見慣大場面的人，那個年輕人到底向李永榮說了什麼，能夠把他嚇成這個樣子!?

陳清把視線從衝入家門的李永榮轉回年輕人身上，只見他一臉無奈地伸手搔了搔鼻頭，隨即轉身離開。

陳清想要探知真相的記者之血立即沸騰起來，毫不猶豫地邁開腳步，保持不遠不近的距離，尾隨年輕人的身後離去。

異眼房東の日常生活

第一章・抓交替

「我回來了！」安然一打開家門，立即受到妙妙熱情迎接。看到林俊在客廳興高采烈地打電動，這讓安然心裡有點不平衡，心想你這個大學生怎麼就如此空閒呢？

他視線從電視螢幕轉至林俊一頭亮麗的紫髮上，不禁皺起眉頭，覺得大學對學生的管理還眞寬鬆。

憤世嫉俗之餘，安然卻又不得不慨嘆長得帥就是佔便宜。像紫色這種髮色配在林俊身上不僅沒有絲毫女氣，還硬生生襯托出他一身時尚的氣息，這大概便是人與人之間的差距吧……

不知不覺林家兄弟在這裡已住了一個多月，自從一起經歷過炸屍案女鬼的事情、讓他們知道自己擁有見鬼能力後，安然再也不用在兩人面前有所遮掩，遇到事情也有了傾訴的對象。

林家兄弟對安然的態度也變得親密起來，對鬼魂一事抱持的看法，變化最大的人莫過於林俊。這個大少爺從對於鬼魂之說不屑一顧，搖身一變成了對此深感興趣的神祕學支持者，經常抓著志同道合的劉天華一起研究，甚至還跟著加入了靈異學會。

安然實在不懂這小子的心理素質到底有多強，明明從大廈逃出來時還一副嚇得快哭出來的模樣，竟然這麼快便好了傷疤忘了痛，還到處向同學吹噓他的靈異經歷。還好林俊很清楚什麼該說、什麼不該說，知道安然的個性低調不想惹麻煩，對他的能力倒是很合作地三緘其口。

見安然回來，林俊立即丟下玩到一半的遊戲衝至他面前。如果林俊與妙妙一樣衝過來歡迎他，安然會很高興也很感動。然而林俊卻在上下打量安然一會兒後，再三確認似地詢問：「安小然！你別碰我家小公主！到醫院跑一趟後，沒有把什麼奇怪的東西帶回來吧？」

說罷，林俊還抱起妙妙迅速退開，活像安然身上帶有傳染病似地。

安然彷彿聽到名爲「理智」的線「啪」地斷掉的聲音，要不是妙妙在林俊懷裡，安然眞想一腳踹過去！

不知是不是八字相沖，安然與林俊總是不時發生一些衝突。一個多月的相處下來，兩人拳腳相向的次數絕對不少。

尤其林俊本就是不服輸的個性，例如安然的年紀明明比他大一點，但林俊就是故意要喚對方作「安小然」，彷彿這樣能佔上風，幼稚得不可思議。

本來安然還擔心林鋒會偏心幫自己的親弟弟，然而經過觀察後，卻發現他們的爭執在林鋒眼中根本不到須關注的程度。任由兩人打得天昏地暗，只要構不上生命危險，林鋒完全不管他們。

就在安然氣得牙癢癢之際，剛健身完的林鋒從上層走下來，看到安然時詢問：「怎樣，你的同事已經沒大礙了嗎？」

聽聽！鋒哥說的才是人話！

安然答道：「嗯，他動手術切除了一些組織化驗，大約三天後便會知道結果。」說到這裡，安然嘆了口氣，道：「幸好他有買保險，有能力到私立醫院進行手術。不然等公立醫院安排的話，最快要八星期後才能動手術。這可不是小病小痛，是癌症啊！」

林俊放下妙妙後，重新拿起遊戲手把，邊玩邊說道：「現在癌症也變得普通起來，幾乎成了一種都市病。彷彿到了一定年紀總會遇上這問題，誰也無法倖免似地。」

安然道：「就是，現在公立醫院人手不夠，病人又多，如果等公立醫院安排，很多時候已過了治療的黃金期。但私立醫院的診療費太貴了，根本不是像我這種小市民所能承擔。說起來，這還是我第一次到跑馬地，路過地產公司時，看到那邊的房價真是嚇死人！」

林俊用著不知民間疾苦的敷衍態度「嗯嗯」了兩聲，惹得安然在心裡狠狠罵了聲：紈褲子弟！

林鋒早已習慣兩人不時便會產生小摩擦，無視地逕自說道：「雖然沒有遇見什麼怪事，但到過醫院那種地方，還是用阿俊買回來的那些什麼葉熏一熏身子吧！」

忙著打電動的林俊，聞言不滿地抿起嘴道：「那不是『什麼葉』，是白鼠尾草啊！可不便宜的說……」

不久前林俊從劉天華那裡購買了一些白鼠尾草，聽說還是直接從美國加州空運到港的高級貨。

白鼠尾草是北美洲印第安人的淨化聖品，用於各種儀式或召喚神靈、驅邪等，是一種威力強大的植物，據說用於驅除負能量特別有用。

每次安然遇到怪事後，林俊總會神神叨叨地要求他燃燒白鼠尾草來熏一熏身子。雖然安然不知道是不是眞的有效，不過爲求安心，加上白鼠尾草燃燒的氣味不算難聞，因此懷著反正免費、不用白不用的心態，久而久之也就習慣了。

見安然回房後，林鋒皺起眉，道：「安然受傷了，我從他身上嗅到很淡的血腥味。」

林俊眼神立即變得凌厲起來，完全看不出大學生的青澀模樣。

林鋒揉了揉弟弟的頭髮，道：「你這個樣子會嚇到安然的。放心，他應該只有點小擦傷，看樣子也不像被人欺負，一會兒問問他吧！」

過了一會兒，身上殘留著煙熏氣味的安然從房間出來。

「安然，你的手受了傷，今天就不要碰水，我們到外面吃吧！」坐在沙發上旁觀林俊打電動的林鋒，在看到安然步進廚房時開口說道。

安然順從地點點頭，隨即突然醒悟道：「鋒哥，你怎麼知道我受傷了？」

雖然安然沒有特別遮掩，但手掌的擦傷並不顯眼，與林鋒才說了幾句話的時間，對方便發現他的手掌受了傷？

那也太厲害了吧？而且與林鋒說話時，安然也不覺得對方有看向自己受傷的地方啊!?

林鋒以理所當然的語氣說道：「我嗅到從你身上傳來的血腥味，而且你右手的動作有點遲緩。」

安然聞言愣了愣。傷口早已凝固結痂，鮮血也用紙巾抹掉，即使湊近也聞不到什麼氣味。倒是衣服上仍殘留著一點燃燒白鼠尾草後淡淡的煙熏味。

如果不是顧忌林鋒的武力值，安然真的很想讚歎一聲：鋒哥，你的鼻子比狗還靈啊！

雖然安然不討厭煮飯，也喜歡看別人高興地吃他親手料理的食物，但難得能偷懶一天什麼都不做也不錯。安然的個性本就是一點小事便能輕易滿足，立即把今天遇上倒楣事的鬱悶感拋諸腦後。

不過難得三人一起外出吃飯，卻引來妙妙的強烈不滿。

由於林俊這個大學生上學的時間總是不固定，加上還有林鋒這個聲稱已找到工作的家裡蹲，因此安然他們鮮有都不在家的時候。

妙妙早已習慣家裡有人陪伴，只要三個人同時不在家，妙妙便會吵翻天。幸好住在樓下的劉天華老是不在家，不然即便是熟識的人，也受不了這小傢伙的鬼哭神號。

在妙妙的悲鳴聲中，安然懷著內疚落荒而逃，卻沒發現在他們關上大門離開時，林鋒眼神銳利地往旁邊暗處瞄了一眼。

直至三人走遠後，躲在暗處的陳清這才心有餘悸地走出來。

因爲目擊安然救下李永榮，以及之後李導演因年輕人的話，嚇得倉皇逃走的整個過程，陳清立即生出追查下去的心思。憑著身爲記者敏銳的直覺，陳清有預感，若是深入調查，必能挖出不少有趣的事。

因此她尾隨安然，找到他的住處甚至還在附近蹲點。本來在安然再次出門時打算跟上去，怎料卻被林鋒充滿殺氣的銳利眼神嚇得僵在原地、動也不敢動。

陳清身爲記者，見過形形色色的人，卻仍被林鋒充滿警告的一瞄，嚇得心頭怦怦亂跳。

「這家人……還眞是邪門。」陳清喃喃自語。

想到安然奇怪的舉止，再想到林鋒那凶狠銳利的眼神，她不禁不安地打了個冷顫。

然而對陳清來說，挖掘大新聞的堅持卻遠遠凌駕於這小小的不安，林鋒的舉動，間接印證了與他同居的安然並不簡單的想法。

於是，陳清便開始浮想聯翩了起來。

那個眼神凶狠的青年手臂刺青，殺氣還那麼重，說不定是哪個黑社會的龍頭老大。而年紀較小的兩個，說不定是追隨他的小弟……

李永榮之所以如此害怕，該不會是因爲先前的車禍根本就是那個年輕人自編自導自演的一場好戲？

年輕人最後對李永榮說的一段話，也許正是：「如果你不乖乖聽話，把錢匯進我的户頭，下次遇上車禍沒這麼好運了！」

愈想，陳清愈覺得事有蹊蹺，揭發眞相的心也變得更爲熱切。

結果就連林鋒也猜不到，他剛剛那警告的一眼不僅沒有讓藏在暗處的人退縮，反而增加她繼續調查安然的決心！

□

吃飯時，林俊好奇地詢問安然傷是怎麼來的，安然便把他英勇救大叔的事情娓娓道來。

安然不常看電影，也很少關注娛樂新聞，就連明星也認識得不多，更不用說像李永榮這種位居幕後的導演。

因此，安然至今仍不曉得自己救的是位頗知名的導演，只以爲是普通的大叔。

可惜陳清被林鋒發現而暫時放棄了跟蹤，白白錯過獲得眞相的好機會。因爲安然接下來說的話，與陳清猜想的眞相有很大的差距。

安然描述救人的過程：「今天去醫院時遇上塞車，離開時我便直接從跑馬地步行至中環坐地鐵。結果經過一個高級住宅區時，看到一個大叔站在馬路邊……」

回想當時情景，安然不禁打了個冷顫，道：「那位大叔身後站了個七孔流血的女生。她雙足離地飄浮著，雖然身高不及大叔，但由於飄浮的關係，看起來比大叔還高上一些。我看到她從後面伸出雙手遮住大叔的雙眼，大叔卻絲毫未覺地繼續前行，還完全不看行人號誌上的紅燈與迎面而來的貨櫃車，沒事人般地想橫過馬路。我的傷便是在拉開他的時候，收勢不住倒地擦傷的。」

林俊睜大雙眼，道：「但你去探病的時間是早上吧？」

一旁的林鋒喝了口熱茶，淡定地提醒道：「炸屍案那次事件，也是發生在大白天。」

「也對……不過安然這次是在室外耶！今天陽光普照，鬼魂被陽光直接照射也不會魂飛魄散嗎？」從小到大受到「鬼魂害怕陽光」的觀念影響，林俊還是有點難以接受能夠頂著毒辣陽光到處亂跑的鬼魂。

「我怎麼知道。」面對林俊的詢問，安然鬱悶地撇嘴。心想自己只是看得見，又不是鬼魂的百科全書！

「該不會那個是人吧？」林俊繼續質疑。

「七孔流血、能夠飄浮在半空的人？」安然翻了個大大的白眼。

「說不定那個女人只是快要死翹翹的病人，打算在死前復仇，你不是在醫院附近嗎？」

「她飄浮在半空喔！」安然再次重申。

「也許是你看錯了。」林俊的猜測愈發離譜，問著問著原本詢問的目的已經變質，變成了爲質疑而質疑，彷彿只要堵得安然說不出話便勝利了。

見林俊的大少爺脾氣又冒出來了，安然不甘示弱地反駁道：「那怎麼解釋她用手遮掩大叔雙眼時，大叔完全沒有任何反應？還有，在我把快要被貨櫃車撞到的大叔拉開時，那個女生瞬間就不見了。」

如果那個女生是活人，這兩點確實無法解釋，因此林俊也只能承認安然眞的遇鬼了，立即一臉警戒地拉開彼此的距離，道：「你確定眞的沒有東西跟著你嗎？可別帶一些不乾不淨的東西回家！」

林俊說這句話時，服務生正忙著上菜，聽到這句話的服務生小妹，還以爲安然老是帶什麼不乾不淨的女人回家，離開前鄙視地瞧了他一眼。

安然嘴角一抽，道：「上次被鬼魂附著回來的人到底是誰啊？而且你提及那些『好兄弟』的時候，還是放尊重一點吧！說人家是不乾不淨的東西，小心她晚上來找你。」

「我……我只是一時失言。」雖然嘴上死不認錯，但林俊的神情卻是怎麼看怎麼心虛。

「你把這件事告訴那個男人了？」任由兩人鬥嘴的林鋒，直至他們偃旗息鼓後才出言發問。

見安然點點頭，林俊不禁頭痛地揉揉額角，道：「你怎麼如此老實啊？把人救了便好，還告訴他做什麼？」

安然解釋道：「我也不想多生事端。可是他都差點被那想抓交替的鬼魂害得沒命了，要是我不說，如果還有下一次，豈不是防不勝防？」

「就知道你會這麼說。那後來呢？那個大叔有說什麼嗎？」林俊嘆了口氣，覺得安然也太過老好人了。這個人不是不懂得明哲保身的道理，但卻總是心軟，結果很容易就讓自己陷入麻煩中。

不過，要是安然不是這種個性，也許上次的事件林俊便無法成功脫身了。因此林俊雖然不贊成安然的選擇，卻從不曾試圖改變對方。

聽到林俊的詢問，安然有點不解地說道：「我告訴他實情後，還形容了一下那女鬼的模樣。起初那位大叔還不以爲然，但聽過我對那女鬼的描述後，立即露出非常驚恐的神情跑掉了。」

「這種反應明顯是心裡有鬼吧？說不定他與女鬼是舊識呢！不然他的反應不會這麼慌亂。這個大叔也許是始亂終棄的渣男，女生被甩後心碎自殺，死後化爲厲鬼也要把男的拉下去陪葬……」林俊開始發揮他無窮的想像力。

「應該不會吧。」安然不確定地說道：「那女生看起來才二十左右，男的都有五十多歲了，說他們是父女倒是比較相像。」

說到這裡安然沒了聲音，只因他發現不只是林俊，就連林鋒也用怪異的眼神看著自己。

「怎、怎麼了？」

「安然，你實在太天真啦！相差三十歲算什麼⁉不論什麼年紀，男人都喜歡吃嫩草。尤其對那些只打算玩玩的人來說，女伴絕對是愈年輕愈好啊！」

林俊一番話說得滿面春風，結果正巧又是服務生小妹前來上菜的時候，於是這一桌再度惹來鄙視的目光。

林俊卻沒有理會，依舊一臉洋洋得意的神情。先前炸屍案是他理虧在先，結果一步錯、步步錯。從此以後，比他大不了多少的安然，在面對他時總擺出一副兄長的架子，好像自己有多不懂事似地。現在難得有機會在安然面前擺譜，林俊自然要努力展現自己成熟的一面！

安然挑了挑眉，道：「你好像很了解。」

林俊志得意滿地揚起頭，道：「至少比你了解男人的劣根性。」

「經驗之談？」

聽到安然下一句的詢問，再加上自家兄長隨之而來的銳利目光，嚇得林俊立即收起先前那副情場浪子的模樣，一臉乖巧地說道：「怎麼會！我可是很純情的。」

安然點了點頭，道：「也對，以阿俊你這個年紀，真的要吃嫩草的話，那嫩草也未免太年幼、你也太禽獸了。倒是被人吃嫩草的機率還高一點。」

「我是說那個大叔！你別老是扯到我身上。」林俊鬱悶得想要撞牆，努力轉移這個由自己帶起的「吃嫩草」話題，眞是自作孽啊！

看到對方惱羞成怒了，安然見好就收，重回正題，道：「接觸的時間太短，我不可能知道他們是什麼關係。那鬼魂展現出來的模樣雖然有點可怕，但單就五官與輪廓來看，倒是頗爲標緻，而且……」說到這裡，安然皺眉道：「我總覺得在哪見過她。」

林俊立即被提起了興趣，道：「難道是你認識的人？」

「應該不認識……只能說好像見過她那張臉。到底是在哪裡看過呢？」安然一臉茫然地苦苦思索。

此時，最後一道餐點也送上來了，林鋒見狀，說道：「想不起來就算了，先吃東西吧！」

安然點點頭結束了這個話題，邊吃東西，邊心不在焉地望向茶餐廳的電視……

突然，他發出一聲驚叫，嚇得林俊連茶杯也打翻了。

「你發什麼神經⁉」林俊狼狽地用紙巾吸著桌面的茶水，看著被染上茶漬的長褲，臉都黑了。

安然沒有理會林俊的質問，以及茶餐廳裡眾人投來的奇怪注視，逕自站起身指著電視螢幕，顫聲說道：「就是她！」

林家兄弟順著安然手指的方向往後看，正好看到廣告中一名長相甜美的女生，雙手捧著罐裝咖啡，略帶刻意地甜笑道出產品名稱。

林俊道：「怎麼了？她是最近走紅的女星，藝名好像是叮叮還是噹噹什麼的。」

「她的藝名是『叮鈴』。」林鋒聲音淡然響起，立即引來安然與林俊的側目。

想不到他們三人中，有注意、且知道這個女藝人名字的人，竟會是林鋒啊……

雖然外表是個不近女色的酷男，但其實是個暗地裡會關注女藝人的悶騷嗎？

林鋒坦然面對兩人的視線，揚起手中的手機，道：「剛剛用網路查的。」

「……」

林俊沉默了半晌，決定不再理會自家二哥，繼續向安然發飆，道：「這廣告與你突然發瘋有什麼關係!?」

聽到林俊再次質問，安然這才驚覺整間餐廳的人都用看精神病人的眼神看著自己。回想先前自己突然大叫又站起的模樣，安然的臉立即變得通紅，恨不得找個洞鑽進去。

「抱歉打擾到大家……沒什麼事了……」安然訥訥地說了一句，便立即坐下。其他客人雖然好奇，但也沒有再追究下去的意思，只偶爾投來探究或好奇的眼神。

見安然恢復冷靜坐下，林鋒詢問：「怎麼了?」

雖然被別人聽到其實也沒什麼，但安然還是不由自主地壓低音量，道：「那個女藝人，就是我看到那個要害死大叔的女鬼!」

異眼房東の日常生活

第二章・交換情報

不只林俊，就連林鋒也露出驚訝的神情。

林俊追問：「眞的？你該不會認錯了？最近沒聽說女藝人身亡的消息啊？」

安然以肯定的語氣說道：「雖然看到時那女鬼臉色青白且七孔流血，但我敢肯定是同一個人！」

林鋒神色凝重起來，道：「也就是說，還沒有人知道這名女星已不在人世？」

安然沉默片刻，隨即點了點頭，道：「如果我看到的眞是鬼魂，不是靈魂出竅之類的。」

林俊道：「靈魂出竅……不會七孔流血吧？」

頓時，三人皆不約而同地沉默不語。

良久，安然小聲詢問：「你們說……我要不要報警呢？」

安然話一出，再次惹來兩人奇異的眼神。

被兩人如此注視著，安然也覺得報警這個想法實在過於輕率。先不論那名女星是否眞的死亡，光是警察詢問他怎麼知道叮鈴不在人世，安然便已不知道該如何解釋了。

難道要告訴他們，因爲自己見到那名女星的鬼魂在害人嗎？要是女星根本沒死，到時報假案的罪名絕對少不了。要是眞的證實她已經死亡，自己便會變成最大的嫌疑犯……無論哪一種都很不妙耶！

乾笑了兩聲，安然道：「我有點犯傻了，剛剛的話當我沒說吧！」

林俊撇了撇嘴，道：「眞奇怪，你怎麼常有如此奇葩的念頭？我眞想剖開你的腦袋，看看裡面到底是不是空的。」

安然氣鼓鼓地說道：「我只是覺得她死掉卻沒有人知道，這樣也太可憐了。身爲一個奉公守法的好市民，遇到命案須要報警這種想法絕對沒有錯。而且，我不是立即便想清楚其中的利害關係了嗎？」

可惜他這段辯解林俊一點兒也沒聽進去，只是嘲笑地衝著他擠眉弄眼。

「安然，爲什麼一開始你會覺得那女鬼是在抓交替？」林鋒的詢問彷彿意有所指，安然只覺得好像抓住某些重要訊息，卻又無法釐清這突如其來的想法。

看到林鋒仍等著自己的答覆，安然立即停止胡思亂想，回憶起當初看到女鬼害人時的情景，答道：「因爲我看到她時，她正在馬路旁想要害那個大叔，這不正是抓交替的慣常模式嗎？因爲交通意外而成爲地縛靈，害死別人後用來代替自己留下來，如此一來，才能夠離開這裡投胎……」

說到這裡，林俊立即反駁道：「這樣說不通啊！如果叮鈴眞是交通意外身亡，那不可能沒有人知道她已經過世了啊！」

聽到林俊的反駁，安然總算知道心裡的違和感是怎麼來的了。

其實也難怪安然會往抓交替的方向想，畢竟他在現場親眼目睹了女鬼害人的一幕，很容易把當時的情景與常見的電影情節聯想在一起。

可是林鋒與林俊卻是旁聽安然的描述，自然能夠做出較客觀的分析。這正是典型的旁觀者清，當局者迷。

「說不定我們之前的猜測是眞的，那鬼魂和大叔是舊識，當時她是故意針對那個大叔……」

林鋒以冷冽的嗓音道出了林俊沒有說完的話：「代表那女子對他有著強烈的怨恨。比如那個男人，就是殺死她的凶手！」

雖然安然心裡也有相同的想法，但聽到林鋒如此直接地說出來，還是有種難以置信的感覺，他道：「可是，那個大叔看起來不像是殺人犯啊！」

林俊卻不認同安然的話，道：「人不可貌相，要是殺人犯單憑外貌便看得出來，警察查案就不用這麼辛苦了。」

林俊這番話雖氣人、但卻是事實，安然想到早上竟然與疑似是殺人凶手的人有過近距離接觸，不禁感到一陣恐懼。

林鋒告誡道：「安然，你以後別再接觸那個人了。」

顯然有點被這個殺人犯猜測嚇到的安然，立即點頭如搗蒜。

□

第二天，藝人叮鈴的屍體便被經紀人發現，死因是吸食過量毒品。

藝人時常須面對鏡頭與各方輿論，工作壓力很大。娛樂圈就像個大染缸，藝人染毒並不足爲奇；再加上叮鈴雖然近期當紅，但終究出道時間短，因此她的死只被熱烈討論了數天便平息了，沒有成爲太大的焦點。

在所有人都把這宗案件視爲單純的意外時，香港警方卻有了不一樣的發現。

「死者確定是服用過量毒品致死。然而，經調查後發現陳屍地點的門把上沒有殘留任何指紋，顯然被人全數擦拭掉。」東明拿著剛獲得的調查報告，一臉發現新大陸般嚷嚷。

「眞的假的!?這宗案件還眞另有內情啊？先前頭兒說要調查現場的門把時，我還覺得多此一舉。」

「話說頭兒爲什麼會在現場？」

「聽說他只是路過，看到有夥伴要把這案子歸類爲意外死亡，便提出讓大家檢驗一下門把。」

「頭兒不愧爲頭兒，就是厲害！」

「他的厲害你不是已親身體驗過嗎？頭兒剛來的時候，是誰說他漂亮得像個娘兒，故意在格鬥訓練時挑釁他，結果被打得滿地找牙？」

被同伴取笑，那人不好意思地訕笑道：「那時候不懂事，看到上頭空降那麼年輕的人來當我們的頭兒，自然感到不爽。那時候你們不也一樣不服氣嗎？」

回想頭兒剛空降下來時，他們不服氣的挑釁舉動，眾人不約而同地嘆了口氣。現在回想起來，他們那時候根本就是送上門給人立威的。

「你們知道嗎？」其中一人壓低聲量小聲說道：「聽說頭兒的背景可不簡單。」

「這有什麼難猜？突然空降一個人來當我們的頭兒，誰也猜到背後有玄機……不過為什麼會來到我們特案組這種危險部門？」

「這我就不知道了。也許是頭兒捅了什麼大婁子結果被調來吧？你們也知道頭兒到底有多『不拘小節』……」

「嗯？我還真不知道自己有多不拘小節呢！東明你可以說得詳盡一點嗎？」聽到這個溫和的嗓音時，所有人都僵住了，隨即僵硬地把視線投向站在大門位置的青年身上。

這名高高瘦瘦的青年，正是這隊特案組的頭兒白樺，俊美的容貌簡直秒殺所有年齡層的女性。雖然他身上沒有絲毫女氣，然而長相卻比女人還要精緻幾分，眼角下的藍痣，更為他增添了一份難以言喻的性感。一身溫潤無害的氣質，讓他與在場一眾特警格格不入，看起來特別好欺負。

不過，經歷多次的血淚教訓後，眾人對於眼前青年有著發自內心的敬畏。看到白樺似笑非笑地等待著回答，剛剛還高談闊論的東明恨不得刮自己兩巴掌。

誰教我嘴賤!?看！現在直接被頭兒抓個正著了！

「呃……頭兒，你不是去開會嗎？」東明努力想扯開話題。

白樺自然看出下屬的小心思，卻沒有抓住對方不放，順著話說道：「會議太無聊了，我便先回來。」

「……」

竟然說走就走！表現得這麼直接可以嗎？即使有背景好歹也遮掩一下吧!?

眾人忽然覺得，雖然白樺的工作能力實在強得沒話說，可是有這麼任性的上司還是很考驗心臟的。

因爲不知該怎樣回答，東明只得打哈哈地再度轉移話題，道：「對了，頭兒，案發現場的檢驗報告出來了。情況就與頭兒你猜測的一樣，死者死亡當日有人在她家裡，離開時湮滅了所有在場證明。」看到白樺接過報告後，饒有趣味地看了起來，東明心生一股不祥的預感，小心翼翼地問：「那……我把這案件交給相關部門負責？」

白樺笑道：「不用了，反正我們現在手上沒有案件，我跟這件案子也滿有緣分的，就順道接過來吧！免得你們太過空閒，老是圍在一起像三姑六婆般做一些有的沒的猜測。」

這是報復！絕對是赤裸裸的報復！

「東明與阿方留下來察看這幾天大廈監視器的記錄；剛子與鄭哥到出事地點問問鄰居與管理員，看看有沒有可疑人士出入；智傑與阿全到叮鈴正在拍攝電影的片場，看看能否找到其他線索。」白樺條理分明地交代完工作後，便轉身揮了揮手，道：「我出去一下。」

看到自家美人頭兒交代一堆工作後瀟灑離去，眾人不約而同地更正了下先前的想法。

原來有個任性的上司不只考驗心臟，還會增加工作量耶！

沒有理會下屬們的怨念，白樺準時到達約定的咖啡廳，手上的咖啡才喝了一半，與他約定的人便來了。

如果此刻林鋒在場，必定會立即認出坐在白樺對面的人，只因這個英姿颯爽的女強人，正是先前在安然家門前徘徊的可疑女人；同時也是目擊了安然與李永榮的可疑互動，並對安然展開追查的女記者——陳清！

「木頭，今天怎麼有閒情逸致約我出來喝咖啡？我找了你那麼多次，你都說工作很忙沒空。」陳清坐下來點了一杯咖啡後，便看著白樺揶揄道。

白樺苦笑道：「學姊，那是因爲妳每次約我出來，都是抓我塡補聯誼的空缺啊！」

陳清挑了挑眉，道：「還不是擔心你到現在還單身嗎？我可是很夠朋友，經常向姊妹們推銷你的。現在她們有誰不知道我有個帥得人神共憤的學弟？偏偏你就是不肯露面，她們都以爲你是我想像出來的虛構人物。」

白樺除了苦笑，還是苦笑。他知道陳清沒有惡意，只是個想要向朋友炫耀自己寶貝弟弟的姊姊。但想到這個瘋女人從不間斷的拉皮條行爲，白樺便覺得壓力如山高。

見對方不說話，陳清喝了一口咖啡，開門見山地詢問：「說吧！無事不登三寶殿，你這次找我有什麼事？」

白樺聞言，立即進入公事公辦的模式，道：「我想問一下，妳近期是否有同行在追那個剛剛過世的女藝人叮鈴？」

「嗯？吸毒致死的那個？不是說案件沒有可疑處嗎？該不會是他殺吧？」陳清的表情活像條嗅到血腥味的鯊魚。

「那案件滿有趣的，我想深入了解一下。」

雖然陳清總是一副大剌剌、沒心沒肺的模樣，但白樺卻很信任她，知道陳清的口風很緊，不像某些記者爲了搶獨家，只捕風捉影，就能捏造新聞。

當然信任歸信任，對於不能公開的案情，白樺還是奉行偵查不公開原則沒有多說。至於陳清能夠從對話中猜到多少，或者產生什麼聯想，就不是白樺能夠控制的事情了。

聽到白樺模稜兩可的解釋，陳清識趣地沒有追問下去。正想回答會爲他多留意叮鈴的案件時，女子卻忽然想起一件困擾她的事情，本要隨口答應的話，改成了提出條件的交易，道：「我可以幫忙探聽叮鈴一案的消息，但你也要幫我一個忙作爲交換才行。」

「嗯？難得妳會找我幫忙，妳惹上什麼麻煩了？」雖然兩人從小認識，但平時陳清遇上麻煩都會自己解決，很少向白樺求助。因此聽到女子與他談起條件，白樺只覺得有趣，倒沒有產生不悅的情緒。

陳清立即劈里啪啦地把當天跟蹤李永榮時，對方差點被貨櫃車撞到，隨即李永榮被救了他的年輕人的幾句話嚇得方寸大亂地狂奔回家一事，繪聲繪影地道出，最後總結道：「我已取得這個男生的資料，希望木頭你幫忙調查一下，看看這個人有沒有案底。李永榮的表現看起來像是受了不小驚嚇，我猜這個名叫安然的男生當時說不定是說了什麼威脅的話。從他身上下手，也許能夠挖出李永榮不爲人知的黑暗歷史。」

白樺聞言有點哭笑不得，心想陳清的想像力也太豐富了點。不過那個李永榮的反應確實有點奇怪，也難怪這個作夢也想挖到八卦的陳清會抓住這件事不放。

白樺應允後揶揄道：「不過眞難得，以學姊的個性，我本以爲妳會直接跟蹤那個年輕人，直至興趣減退或是挖出眞相爲止。」

白樺這番話是有根據的，陳清的確屢次因爲好奇心而不眠不休地追蹤目標，直至獲得想要的答案爲止。白樺覺得她這種個性眞的很適合當警察，現在成了狗仔隊實在是大材小用。

本來只是白樺隨口而出的揶揄，但陳清臉上的笑容卻倏地僵硬起來，道：「其實我不是沒有跟蹤他啦！只是第一天就被他的朋友發現了。」

白樺聞言後不禁有點意外。陳清追蹤的技術不錯，照理說，普通人應該不會察覺才對。

陳清拿起相機按了幾下，隨即指向定格在相機螢幕上的照片，道：「就是這個人。」

照片中有三名青年，領頭走在最前面的俊朗青年染了一頭很惹人注目的紫髮，食指正勾著鑰匙圈帥氣地轉著車鑰匙。

位處中間的青年相較於兩名同伴，長相則平凡多了，頂多稱得上清秀而已。一身悠閒的T恤搭牛仔褲，看起來像個鄰家大男孩，給人無害的感覺。

走在最後的青年正關著門，長袖衫下的手臂與後頸露出了刺青的一部分，可見這個刺青覆蓋的範圍必定不少。最引人注目的是一雙眼神銳利的眸子蘊含著警告意味，準確地迎向遠方的鏡頭！

「林鋒!?」白樺看著照片中一身霸氣的帥哥，臉上是止不住的驚訝。

聽到白樺的驚呼聲，陳清立即來了興趣，道：「你認得這個人嗎!?這傢伙的眼神眞的很嚇人，我正是因爲被他發現才不敢繼續跟蹤下去。我查了下這家人的資料，最前面的人叫林俊，中間那個叫安然，正是救了李永榮的男生。林俊與林鋒是兄弟，正租住在安然家裡。」

白樺沉默了半晌，這才說道：「學姊妳的決定很正確。這是個危險人物，千萬不要招惹他。」

「我果然沒有猜錯，這些人是犯罪集團對吧!?看你的反應，你們是老對手了？這次經由我的關係再次相遇，絕對是命運的重逢啊！一個漂亮得『人神共憤』，一個帥得『天理不容』，然後你們這兩個妖孽隨著奇妙緣分的引導，再次上演相愛相殺的戲碼……」

陳清再度發揮豐富的想像力，卻在看到白樺變得愈來愈黑的神色後停頓下來，忐忑地詢問道：「該不會眞的被我說中了吧？那人是你的老對手？表情這麼臭……難道……你這次降職是因爲他？」

白樺露出溫潤的微笑道：「嗯，沒辦法，誰教我棋差一著、技不如人呢！」

陳清沒來由地感到一股寒意，臉上立即掛上討好的笑容，道：「不不！你這位大英雄英勇抗敵、爲民除害，可惜天公不作美這才落得如此下場。」

「……」

「好啦！別再臭著一張臉了，你這個樣子可不符合我向閨蜜們吹噓的『溫柔貴公子』形象啊！既然木頭你因爲我的關係再次得到對方的消息，就代表你們的緣分未盡，繼續相愛相殺好了！」陳清拍拍白樺的肩膀，沒什麼誠意地安慰過後，立即一臉好奇地追問：「你還沒回答我先前的問題。這個人到底是誰？他是殺人犯還是黑社會老大？」

白樺神情複雜地看著照片中的青年，道：「其實眞正說來，他不僅完全沒有犯罪記錄，甚至還得過幾次好市民獎。」

「咦？」出乎意料的話讓陳清腦袋轉不過來。

「他多次掌握商場對手的不法資料後向我們告密，用正當途徑剷除了不少競爭對手。這還只是相對溫和的手段，那些與他糾纏不休的對手，總會莫名其妙地發生各式各樣的問題以致身敗名裂，甚至還有幾人人間蒸發，至今仍下落不明。」

白樺並沒有把話說得太詳細，既沒有說出林鋒的身分，也沒有道出他到底做什麼生意。然而光是他透露的隻字片語，已讓陳清充分感受到那男人的危險性。

陳清震驚過後，忽然靈光一閃，道：「等等！如果那個林鋒這麼不簡單，那他怎會租住安然的房子？這個人應該不怕沒地方住吧？」

白樺淡然道：「也許這個叫安然的青年身上，有著一些他想要獲得的東西。」

陳清一雙眸子瞬間發亮，道：「那會不會正如我先前的猜測，這個安然與林鋒蛇鼠一窩，聯合向李永榮進行恐嚇？那個差點把人撞死的貨櫃車司機，說不定也是同謀……」

然而陳清的猜測瞬間便被白樺否決了，他道：「不，林鋒做事絕不會讓人抓到把柄。何況李永榮所有的財產對他來說只是九牛一毛，還不及他完成一筆生意的收益呢！」

說到這裡，白樺更想知道到底那個名叫安然的年輕人，有什麼吸引林鋒的地方。

「學姊，妳不是有拍下安然救李永榮時的情況嗎？那些照片還在不在？」

「有啊，我沒刪除，應該還保存在記憶卡裡……」當陳清把當日的照片找出來後，女子看著相機螢幕上的影像，整個人僵住了！

異眼房東の日常生活

第三章・靈異照片

白樺立即察覺到陳清的神色不對，問：「怎麼了？」

陳清蒼白著一張臉，道：「木頭你自己看……我、我不知道該怎麼說。」

接過女子遞上的相機，饒是白樺見慣大風浪，在看到照片時，還是變了神色。

連續三十多張的連拍照片完整拍下安然救人的過程。無論是陳清拍照的技術還是相機的性能都是專業級的，不只拍照的時機拿捏得恰到好處，照片拍出來的畫質也非常好，就連影中人的表情變化也清晰可見。

然而這「影中人」，所指的只有安然一人。

並不是說陳清有所失誤，沒把李永榮拍進鏡頭裡。而是從李永榮闖出馬路差點被貨櫃車撞到，直至被安然拉開爲止，他的臉上都是模糊一片！

除了李永榮的臉以外，他身後還隱約透露出一個模糊的人形輪廓。

那人影看起來像是照片失了焦，模糊得連臉也看不清楚，但依稀能分辨出是名女性，正伸出雙手遮掩住李永榮的雙眼。

良久，白樺才像找回自己的聲音般詢問：「學姊妳先前……沒有看過這些照片？」

陳清搖搖頭，雙眼依舊眨也不眨地盯著照片中的模糊人影：「沒有。本來我打算拍下李永榮被貨櫃車撞到的過程……別這麼看著我啦！不是我冷血，而是我當時離他那麼遠，即使有心救人也來不及……總而言之，拍不到有新聞價值的東西，我便沒有理會這些照片。要不是記憶卡還有容量，說不定早已把它們刪掉了。」

說到這裡，陳清忍不住提出心裡的疑問：「我說……這些是靈異照片嗎？」

她身為娛樂記者，沒有拍到一些驚天地、泣鬼神的巨星偷情照，卻拍下了同行一生也未必拍得出來的靈異照，想想也有點心情複雜啊……

雖然剛看時有點嚇到，但憑著堅強的心性，很快地，白樺便專心致志研究起這些照片來，他道：「學姊，妳能再詳細描述當時的情況嗎？」

聽到白樺的要求，陳清努力回憶。事情還只發生在數天前，現在仔細回想，很多忽略了的小細節便從腦海中浮現出來，她道：「當時行人交通號誌分明是紅色的，而且遠遠便能看見貨櫃車迎面駛來。然而李永榮卻完全沒注意到這些，直接衝出馬路，就連安然大喊『小心』，他也完全沒有反應，直到被趕過來的安然拉開才逃過一劫。」

說到這裡，陳清有點遲疑地說道：「有一點很奇怪的是，安然大喊『小心』時，李永榮還在人行道上，完全看不出有絲毫危險。在安然警告後兩、三秒，李永榮才突然衝出馬路。也就是說，安然發出警告時，李永榮其實並未走出馬路。難道這個年輕人有預知能力，知道李永榮將遇上危險，所以高聲示警嗎？」

白樺放在桌上的右手，食指與中指併合著輕輕地敲打桌面，這是他思考時慣常的小動作。陳清見狀沒有打擾他，只是喝著咖啡，一邊欣賞學弟沉思的模樣。

白樺本就長得俊美，認眞思考時特別帥氣，實在是賞心悅目啊！

過了一會兒，白樺這才淡淡說道：「也許不是他有預知能力，而是這個安然看得見李永榮身後的人影。」

說罷，白樺指了指照片上的李永榮，道：「妳說這狀況像什麼？」

陳清毫不猶豫地秒答：「抓交替啊！」說罷，女子立即反應過來，道：「所以說，安然有陰陽眼囉？」

「誰知道呢？不過我對這個人產生興趣了，無論是吸引林鋒與之同居的原因，還是他救了李永榮一命的能力，都讓人想深入調查一番。」

陳清提醒道：「工作呢？你不是正在調查叮鈴的案件嗎？」

「要做的工作我已經交代好了，暫時沒有用得著我的地方。」

「可是身爲上司，你不是應該留下來主持大局嗎？」

「如果我手下的兵沒了主帥便失去自主行動能力，那我應該考慮換過一批下屬了。」白樺露出淡淡微笑，陽光透過落地窗灑在男子身上，配上他俊美的容貌，活脫脫就是一個氣質高貴的美男子。他道：「何況所謂上司，正是奴役下屬，並奪取他們勞動成果的稱號。」

陳清嘴角一抽，道：「好過分！即使這是事實，你也別用著這張天使臉孔，說出惡魔才會說的話啊！」

□

隨著天氣逐漸回暖，夕陽西下的時間也愈發延遲。明明是下班時間，但天色仍然明亮的話，會給人時間依然尚早的感覺。

不知自何時起，從監視器螢幕觀察焦炭君的動態，已成爲安然每天上下班必做的事情。也許是看習慣了吧，安然對焦炭君的恐懼，正隨著時間逐漸減退。當然，若要他乘坐有鬼魂盤踞的電梯，現在的他可還沒有這種膽量。

與安然一樣，至今對那次電梯事件仍念念不忘的，還有當時與他一同搭電梯的敏兒。

雖然安然曾稍稍告訴敏兒部分實情，但也許因爲她終究沒有親眼看見，所以對於電梯鬼魂一事倒不是太害怕，反而勾起她的好奇心，這期間更是多次去調查那位好運氣的王姓青年。

調查過程中，她竟然與七樓那位接待員成了朋友，甚至還從閒聊中探查出王姓青年的全名，以及他富豪老爸的名字——王家恆與王得全。

對此，安然只能驚歎女性的八卦能力，以及互通情報時的高強傳播力。

正所謂一個女人像五百隻鴨子，兩個同樣八卦的女人加起來，簡直堪比原子彈的破壞力。

成功搭上線後，敏兒便把人家七樓大至老闆、小至清潔大嬸的資料都探聽得清清楚楚，不得不說她還眞的滿有當偵探的潛力。

當安然滿腦子都想著焦炭君一事的同時，才剛步出公司不久，便聽到有人呼喚他。

順著聲音來源看去，映入眼簾的是一對年輕男女。男子身材高䠷，長相俊美非常，眼角下的淚痣尤其惹人注目。即使安然早在林家兄弟的影響下，對出眾的容貌有一定的免疫力，但看到這名青年時，仍舊忍不住多看兩眼。

女子則是一身中性打扮，大剌剌揮手的動作絲毫不帶女性嬌氣，給人一種不拘小節的感覺。

這兩人正是白樺與陳清。白樺本來爲了女藝人叮鈴的案件找陳清幫忙，想不到想要的情報尚未到手，倒是讓他得知了老對手林鋒的動向。

身爲警察，白樺絕不會認同林鋒的做法。對白樺來說，即使是十惡不赦的惡徒，也應交由法律制裁。要是每個人都像林鋒這樣，將置法律於何地呢？

然而即使白樺再看不慣林鋒的做法，他也不得不承認林鋒使用非法手段來對付的人全是罪有應得。而且過程從不會牽連任何普通人，這一點確實讓白樺很敬佩。

現在，林鋒這一把林家遊走在最前線殺敵的利刃竟搬離林家、租住在安然家，這讓安然立即被納入白樺的關注範圍內。

從陳清調查的資料看來，這個名叫安然的青年只是個普通得不能再普通的普通人，白樺實在想不出他到底有什麼吸引林鋒的地方。

這讓白樺產生親自見一見安然的想法。何況現在有陳清拍的靈異照片在手，他便有藉口把對方約出來，卻不會讓他往與林家有關的方向想，以免打草驚蛇。

至於先前被林鋒用眼神警告過的陳清，在知道白樺要直接與安然會面後，受不了探查眞相的誘惑，最終決定與白樺同行。

於是，便成了兩人在安然公司大門前截人的場面。

安然打量兩人的同時，白樺也打量著眼前的青年。無論長相、衣著與氣質都很普通，看到叫住自己是不認識的人後，更是直接地露出疑惑的神情——是個會把心裡想法表現在臉上的人。

安然快步走至兩人身前，禮貌地詢問：「兩位是找我嗎？請問你們是？」

白樺邊在心裡加上了「有禮貌、警覺性不高」的評價，邊露出和藹的笑容道：「你好，這位是東林日報的記者陳清，我是她的朋友白樺。因爲學姊無意間拍到一些與你有關的東西，故此前來詢問一下。」

陳清隨即遞上一張照片，道：「不好意思打擾了，這是我拍到的照片。」

聽到陳清身分時，安然有點反應不過來。心想自己不是什麼大人物，爲什麼會有記者拍了他的照片，還特地來找人呢？

這個想法才剛起，陳清便把照片遞上。安然懷著好奇與疑惑接過照片，才剛看到照片內容便忍不住小聲驚呼出來。

白樺一直觀察著安然的表情，對方的反應讓他有點意外。他猜到安然會很吃驚，但白樺卻從對方的表情，察覺到青年驚訝之餘，正努力隱藏著的心虛與不安。

難道這張他用來接近安然的照片，還暗藏著什麼自己不知道的事情嗎？

白樺心裡瞬間轉過幾道念頭，可是臉上的神情卻絲毫沒顯露出來。他伸手安撫地拍拍安然的肩膀，道：「有關照片的事，希望能夠與你談談，方便找個地方坐下來聊一下嗎？」

安然失魂般地點點頭，就連手中照片被他捏出幾道摺痕也不自覺。

這次不只是白樺，就連陳清也覺得安然的反應有點奇怪。

一般人看到自己的照片上出現靈異現象，會嚇一跳是很正常的。但像安然反應這麼大，表現得如此驚惶失措，卻有點過度了。

兩人不曉得此刻安然的心裡到底有多糾結。那天他從叮鈴的亡魂手下救了李永榮的性命後，不久便得知她的死訊。

對於叮鈴與李永榮的事，雖然安然早已下定決心不再理會，當作沒有發生任何事情，但這個實心眼的青年，對於自己的隱瞞其實仍有點歉疚。

有時他會想，如果他公開當天的事，是不是能夠早些發現叮鈴的屍體呢？會不會能從李永榮的身上探聽到什麼線索？

不過為了明哲保身，安然選擇沉默。

這幾天安然一直努力想遺忘叮鈴的事情，現在卻在如此突然的狀況下被人提起，實在讓他措手不及，心裡更生出將要被人挖出祕密的惶恐。

安然懷著忐忑不安的心情，與白樺兩人來到附近的星巴克。

喝了兩口咖啡後，安然冷靜下來，想快刀斬亂麻地盡快解決事情。他決定化被動為主動，詢問道：「陳記者，妳為什麼會拍下這些照片？」

說罷，安然把那張被捏出幾道摺痕的照片放在桌面。

陳清解釋道：「這個被你救下的男人，是有名的導演李永榮。當時我因為工作關係正在採訪他，剛好拍下你救人的一幕。」

什麼「採訪」，根本就是跟拍他吧？

忍不住在心裡吐槽了一句，安然接著詢問：「那……妳拍照的時候，有看到這些奇怪的東西嗎？」說罷，安然指了指照片中的模糊人影。

陳清搖了搖頭，道：「沒有，我當時什麼也沒看見。除了你和李永榮以外，根本沒有其他人在現場。」

此時，一直安靜喝著飲料、彷彿局外人般的白樺說道：「安然，你當時是不是發現了什麼？根據學姊描述，李永榮還在人行道上、沒有表現出想要橫越馬路的意圖時，你就早早出言示警，而且舉步往李永榮的方向跑去，這才及時救回人。」

安然裝傻地說道：「沒有啊！我是看到他差點被貨櫃車撞到，才出言警告他的，會不會是陳記者記錯了？」

面對令人聞風喪膽的狗仔隊，安然把自身的能力捂得死死的，任何一點特異之處也不敢讓對方知道，以免被誇大後大肆報導。

看出安然的顧慮，陳清保證道：「請放心，找你談話只是出於我個人的好奇心，並不會把這些照片公開的。」

對於陳清的保證，安然只是聽過便算了，可不會當真。

反正他就是咬死是陳清記錯了，自己什麼也沒看到，即使他們知道自己在說謊又怎樣？

幸好照片拍出來的鬼魂很模糊，完全看不清楚容貌。不然被他們看出照片中竟然出現叮鈴的人影，那事情便大條了！

至少安然可以肯定這照片要是拍出叮鈴的容貌，那眼前這個信誓旦旦不會公開照片的女記者，一定不會放過將這些照片大肆報導炒作一番的機會。

看到安然說話不盡不實，白樺兩人也沒在意。陳清早已習慣採訪對象的不合作態度，至於白樺則是從沒期待過能夠從安然口中探聽出什麼有用的情報，這次只是單純想見一見安然。

因此看到安然對於兩人的詢問表現得這麼抗拒，陳清便沒有繼續抓著這個話題不放。剩下的時間，反倒是白樺與安然聊起家常來。

白樺言語間溫和有禮，加上漂亮溫潤的長相容易讓人心生好感，說著說著安然逐漸放下了面對陌生人的警戒心。在白樺巧妙的引導下，不知不覺說了一些林家兄弟的事情。

畢竟與身為記者的陳清不同，白樺只是以朋友身分陪同陳清前來，對安然來說危險性比陳清小得多，因此安然對他的抗拒並不大。

「對了，白樺你是做什麼工作？你叫陳小姐學姊……你也是記者嗎？」

白樺微笑道：「不，我和學姊只是中學同學。我是警察。」

安然「噗」的一聲，噴出口中的咖啡。

大哥啊！敢情你才是最危險的那個！

安然的反應讓白樺挑了挑眉，他沒有看漏對方在聽到自己職業時，眼中一閃而過的恐慌。

竟然在得知我的工作時有這種反應？

眞是太有趣了！

慌忙取出紙巾擦乾淨桌上的咖啡，安然羞得滿臉通紅，作鴕鳥狀地埋首看也不看兩人，道：「不好意思，剛剛我嗆到了。」

白樺善解人意地笑道：「沒關係，不用放在心上。」

陳清則爽直地笑道：「對啊！反正隔那麼遠，你又噴不到我們。」

聽到女子的話，安然的臉不禁再度紅了起來，並暗罵自己剛剛的反應太大了。對方是警察又怎樣，不說他與叮鈴沒有任何關聯，光說香港警察那麼多，又怎會正好碰上負責這宗案件的警察呢？

見安然滿臉尷尬與懊惱，陳清也發現剛剛的話好像讓對方更加尷尬了，於是轉移話題說道：「白樺現在正處理叮鈴吸毒過量致死的案件。你應該知道誰是叮鈴吧？雖然是新人，不過近期頗紅的。」

「噗」的一聲，安然再次嗆到了。

白樺挑了挑眉，道：「有關這宗案件，安然你是知道些什麼嗎？」

「不不！你怎會這麼想呢？我又不認識叮鈴！」安然連忙否認，隨即便提出差不多該離開的意思。

「謝謝你抽空解答我們的疑問，這些照片你要帶回去作紀念嗎？」陳清從背包抽出幾張照片，全都是安然的救人連拍，那奇怪的人影自然也都被拍進照片裡。

安然見狀，一陣無言，心想我完全不想再看到這些照片，還帶回家幹什麼？正想拒絕陳清的提議，安然卻忽然生出把照片拿給林家兄弟看看的念頭，於是將這些靈異照接了過來，一併接過的還有陳清與白樺的名片。

「如果你遇上藝人偷情，記得通知我啊！」

聽到女記者如此說，安然也只能苦笑以對。

異眼房東の日常生活

第四章・演奏會

因與白樺和陳清相聊，延遲了半小時回家，當安然回到家裡時已八點多了。打開大門除了迎來妙妙熱情無比的歡迎外，還有林俊幽怨的眼神：「我肚子餓……」

「我不是傳了訊息給你們，說我臨時有事會晚點回來，叫你們先吃點東西墊肚子嗎？」

「可是吃完零食再吃晚飯我會吃不下，明明是你負責煮晚飯，怎能這麼晚才回來!?」說不到兩句，林俊便開始興師問罪。

安然氣得咬牙，雖然明知林俊沒有惡意，但他就是看不慣大少爺這副囂張的嘴臉，道：「那我們交換吧！明天你煮飯，我負責洗碗。」

面對安然的挑釁，林俊卻氣定神閒地反問：「你確定？我怕你吃不慣我煮的東西，食物中毒進醫院就不好了。」

說罷，林俊不給安然任何反擊的機會，以勝利者的姿態乾脆俐落地轉身離開，不帶走一片雲彩。

安然鬱悶地開始處理食材，心想大少爺的戰鬥力與日俱增，這絕對不是什麼好事情！

因爲時間有點晚，安然只簡單地弄了兩道工序不算繁複的菜式，但仍是色香味俱全，很快就被肚子餓得有點緊的三人風捲殘雲地掃光了。

「呼～終於重新活過來了。」林俊摸著肚皮，半躺在長椅上露出滿足的神情。

安然撇了撇嘴——所以我不是特地叫你先吃點東西嗎!?

「最近工作很忙嗎？很少看你那麼晚才回來。」相較於林俊，林鋒帶有關心的詢問，對安然來說顯然中聽得多了。

聽到林鋒的詢問，安然立即想起那些刻意遺忘的煩心事，頓時皺起一張臉，整個人變得病懨懨的。

林家兄弟對望一眼，林俊踢了安然一腳，道：「你有什麼不如意便直說吧。別露出一副死氣沉沉的模樣，看著晦氣。」說罷，林俊立即迎上安然可憐兮兮的眼神，想接著罵的話也說不出口了，只得嘆了口氣，放軟語調道：「你不把事情說出來，我和二哥怎麼幫你？」

安然伏在桌上，一臉悲壯地說道：「阿俊，你不明白……我被記者拍到照片了！」

林俊愣了愣，隨即小心翼翼地試探道：「……裸照？」

安然瞬間炸毛道：「不是！你才被人偷拍裸照！是靈異照片啦！」

說罷，安然便取出那些陳清送的照片，道：「看！」

林俊與林鋒各自拿起一張照片細看，看到照片內容時，兩人皆不約而同地露出愕然的神色，隨即很有默契地同時開口詢問。

林鋒：「哪來的？」

林俊：「這就是叮鈴抓交替的照片嗎？」

「是這樣的，今天下班時，有一對陌生男女叫住我……」安然沒有絲毫隱瞞，緩緩道出事情的經過，最後說道：「我也不知道自己當時的表情有沒有露出馬腳，那時眞的嚇了好大一跳。被拍到靈異照片就罷了，偏偏那個陪陳記者同行的朋友竟然是個警官，還正好負責調查叮鈴的案件，你們說這世上怎麼有那麼多可怕的巧合啊？幸好這些照片沒有把叮鈴的容貌清楚地拍進去，不然我也不知道該怎麼脫身了，絕對會被白警官懷疑的啊！」

林俊本來還想嘲笑安然膽子小，不過看到對方驚慌失措的模樣，確實是眞的被嚇到了，也就大發慈悲地安慰道：「你想太多啦！即使那個記者眞的把叮鈴的模樣拍下來，也不能代表什麼。到時你照舊一問三不知，把事情推得一乾二淨就好了。警察執法要講求證據，像鬼魂這些虛無縹緲的東西，根本無法成爲破案依據。不信你問二哥吧，他可沒少與警察打交道。」

林鋒皺起眉。這小子胡說什麼呢？說得好像自己老是犯案的壞人似地……雖然某種程度上也是事實……

感受到林鋒凌厲的眼神，林俊驚覺自己說錯話了，只得不好意思地訕訕一笑。

本以爲安然會對林俊的話追根究柢，誰知道安然聽到後卻像沒事人般淡然。他們不知道安然早已把林鋒視爲「江湖中人」，對方確實的身分還有待觀察，但單憑林鋒的氣勢與身手來看，安然暗自認爲這個人絕對是大哥級別！

既然是大哥級的，那手下必定菁英（暴徒？）雲集，姦淫擄掠、作奸犯科，無惡不作……咳！也許這有點誇張……但應該沒少與警察打交道吧？

至少安然初次與林鋒見面時，對方便被警察抓著要查身分證了……

面對安然詭異的同情視線，林鋒心感奇怪之餘，仍沒忘記給予對方意見，道：

「阿俊說得對。警察接觸凶案的機會多，他們其實比普通人更信鬼神之說。只是法律講求證據，因此很多事情他們無法記錄在案。那些照片即使清楚拍出叮鈴的容貌，也不能說明什麼，更遑論成爲控告的證據。何況安然你本來就什麼也沒有做，既然問心無愧，便不用過於在意別人對這事件的看法。」

看到安然雖然頷首應是，但臉上仍隱隱透露著不安，林鋒續道：「那個正在調查叮鈴一案的警官叫什麼名字？」

林鋒臉上不動聲色，心裡卻早已盤算是否要向警署投訴一下，說他們的警員無故打擾普通市民。

在林鋒心目中，好勇鬥狠地訴諸暴力只是上不得檯面的小混混行徑。巧妙地利用法律來達成目的，這才是聰明人的做法，那些事事與政府對著幹的人，註定是走不遠的。

看著林鋒那張冷酷的臉，安然不知道對方正滿腦子想著該怎麼投訴那名無辜的警官。因此對白樺印象很不錯的安然，沒有任何心理負擔地供出了對方的名字，道：「他叫白樺。」

林鋒聞言後神情並無多大轉變，可是手中的木筷卻突然「啪」地折斷了！安然看得目瞪口呆。

有沒有搞錯？這是電影特效嗎!?那木筷雖然不算粗，但可是實心的耶！

安然被林鋒的動作驚呆了，努力回想剛剛是否做了什麼讓高手不爽的事情。

林俊雖然不像安然那麼震驚，但也是一臉驚訝。

林鋒沉默良久，這才說道：「只是想到一些不愉快的事情……安然，你小心他一點，那個人的直覺很敏銳，別被他輕易抓到你的狐狸尾巴。」

林鋒的話，簡直就像黑社會老大犯案前對小弟訓話般，聽得安然嘴角一抽。

什麼狐狸尾巴的……我可是個奉公守法的善良市民耶！

林鋒的話讓安然感到壓力如山大。

就連林老大聽到他的名字後也要嚴陣以待，那位白樺警官到底有多可怕啊？

是流年不利嗎？他這段時間爲什麼會惹上這麼多麻煩事呢？

□

因爲白樺與陳清的出現，安然戰戰兢兢地擔心了好幾天，深怕事情還會有什麼後續發展。甚至有天晚上睡覺，還夢見自己被當作凶手抓進警局裡。

幸好這些都只是杞人憂天，自從那次會面後，兩人便沒有再找過他了。

娛樂圈永遠不乏吸引目光的新聞，叮鈴一案不久便被人遺忘，很快地，她的死亡在人們心中再也激不起絲毫漣漪，就連成爲民眾茶餘飯後話題的資格也沒有。

人都是健忘的，沒有了叮鈴，還有著更多青春女星讓他們追捧。

見此，安然也就放下心來不再想東想西。日子還是照常地過，甚至有次在電影字幕中再次看到李永榮的名字時，安然還想了好一會兒，努力回憶這個有點熟悉的名字到底是誰。

就在安然打算放下事、好好放鬆一下之際，劉天華跑來邀他一起去聽演奏會。對安然來說，還眞是渴睡就有枕頭送的好事。

雖然已經心動，但安然對劉天華約自己去聽演奏會一事，卻抱持懷疑的態度。

畢竟以安然對劉天華的認識，這傢伙的音樂造詣就只有聽聽流行樂的程度。若是邀他一起去看演唱會還比較正常，劉天華怎麼看都不像是喜歡聽演奏會的人啊！

安然看了看樂團的名字，道：「嗯？之前在臉書看過朋友分享，這樂團好像滿出名的。」

劉天華揚起了下巴，道：「算你識貨！這樂團的票價不只昂貴，還要提早預訂。現在已在網路炒到天價，而且數量稀少，即使有錢也未必買得到。」

安然挑了挑眉，突然詢問：「你被女人甩了嗎？」

「你怎知道!?」劉天華震驚地瞪大雙眼，隨即便發現自己不小心說溜嘴，不由得悻悻然瞪了安然一眼。

安然笑道：「那還不容易猜嗎？你的藝術修養與我半斤八兩，什麼時候看過你對這些東西有興趣？快點從實招來，到底勾搭上藝術系還是音樂系的妹子？」

「什麼勾搭，別說得那麼難聽！我就說你會被阿俊帶壞吧，看看只同居了一個月，你說起話來已經愈來愈像他了……我家倩倩是文學系的才女啊！文青懂不懂？現在這種不食人間煙火的女孩可吃香了。」

在旁邊躺著中槍的林俊一臉不爽，目光不離遊戲畫面，嘴巴吐出的話語卻一如以往般毫不留情，道：「文青我知道，就是那種假日沒有朋友陪伴，只能一個人到咖啡廳坐著發霉一整天的奇異物種吧？聽說他們拍照時不喜歡拍人，總是拍路邊的野花啊、垃圾桶什麼的，還稱之爲『小確幸』。」

說到這裡，林俊更興致勃勃地建議道：「話說回來，這世上眞的有不食人間煙火的仙女嗎？再文藝的女人吃了也要上廁所吧？下次那個倩倩上大號時，你藏起她的衛生紙，看看她到底會不會哭。」

看不慣劉天華得意的表情，安然難得與林俊同一陣線一致對外地道：「那位倩倩小姐又不是『你家的』，你不是被她甩了嗎？」

劉天華幾乎被兩人氣得吐血，立即忿忿不平地收起手中的入場券，道：「你們太過分了！我決定把它放上網賣掉也不便宜你！」

看著得而復失的門票，老實說安然還眞的有點失望。雖說他平常對於演奏會這些高檔活動並不熱中，但難得有機會去見識一下，還是頗爲期待的。

其實安然知道劉天華只是逗他玩，不是眞的要把門票拿去賣。然而看到他得意洋洋的神情，安然就是不想開口向他示軟。

看著安然一臉糾結地皺起眉，林俊心裡不禁一陣不爽。雖然他也很喜歡欺負一下安然，但卻看不得別人也這麼做！

這明明是我的玩具啊！憑什麼讓你玩!?

只見林俊手一揮，豪氣地道：「不用放上網那麼麻煩，正好我對這演奏會有點興趣，你賣多少錢？我兩張全要了！」

這次輪到嚷嚷著要把門票放上網出售的劉天華愣住了，年少氣盛的他拉不下臉來出爾反爾，最終還眞的讓林俊把兩張門票買到手。

門票到手後，林俊更是故意當著劉天華的面，志得意滿地揚了揚手中的門票，問安然道：「要一起去聽嗎？」

林俊這副欠揍的神情活像個暴發戶，可是安然卻覺得怎麼看怎麼順眼。對方的維護讓他感到很溫暖，有人爲自己出頭的感覺眞不錯！

劉天華哭笑不得地看著安然接過林俊贈送的門票，看著林俊挑釁的眼神氣得牙癢癢的同時，卻又不禁爲安然感到高興。

劉天華還記得安然父親剛過世那段日子，安然孤伶伶地獨自生活，看起來像是丟了魂魄。雖然他一直掩飾著不想讓大家擔心，但劉天華還是偶爾能從他眼中看到一絲無措與寂寞。

現在安然總算擺脫失去至親的陰霾，重新恢復生氣盎然的模樣，劉天華對此欣慰不已。

身爲林俊的舊識，劉天華自然知道林家兄弟絕不平凡。雖然也曾疑惑他們與安然同居的目的，然而有別於白樺的猜測，熟知林鋒與林俊品性的劉天華，不認爲他們會傷害安然。

因此他反而很高興安然自從有了他們的陪伴後，重新展現年輕人應有的生氣，會與他鬥嘴，也會因別人爲他出頭而露出現在這種得意洋洋的表情，而不是先前的寂寞與壓抑。

□

對於交響樂，林俊既不陌生，也沒有特別愛好，完全沒有安然的好奇心。因此從劉天華手中買來門票後，大獲全勝的林俊立即對它失去了興趣。要不是安然當天硬拉著他陪同，林俊早已把此事忘得一乾二淨了。

林俊打了個大大的呵欠，昨天通宵達旦地趕論文，本來打算今天早點睡，結果才剛躺上床，便被安然硬拉了起來。

到達會場後仍是昏昏欲睡，林俊拍拍臉頰試圖讓自己清醒些，看著身邊興致勃勃的安然，林俊不禁心裡感嘆，這就是所謂搬石頭砸自己的腳吧？

即使身邊人頻頻打呵欠，也沒有影響安然的興致。他好奇地左看看右看看，當樂團出場時，安然忍不住詢問：「爲什麼指揮只跟那個拉小提琴的人握手，其他人呢？」

聽到這明顯外行人的話，林俊翻了記白眼，這才解釋道：「那個人不是一般的小提琴手，是交響樂團的首席。」

安然還想再問「首席」是什麼，可是演奏已經開始，只得把疑問吞回肚子裡，待演奏會結束後再問，畢竟在人家表演時說話是非常失禮的事。

對安然這個門外漢來說，他完全聽不出這些人的演奏技巧到底是好還是不好，不過樂曲倒是滿好聽的。而且在現場聽演奏，能體會到有別於聽CD的震撼。當一眾樂手奏響樂器時，空氣也隨之震動，即使不清楚曲目來歷，安然也有種熱血沸騰的感覺。

交響曲的演奏時間不算短，就在安然以為高潮過後便要結束時，樂曲卻迎來一段較為柔和的小提琴與鋼琴音作過渡，並沒有完結的意思。

「咳！咳……」此時，一陣細微的咳嗽聲傳來，雖然對方已努力壓低音量，但在悠然的樂聲下，還是顯得非常突兀。

順著咳嗽聲傳來的方向看過去，見到坐在他們前一排的長髮女生肩膀一震一震的，聲響正是從她身上傳來。

雖然受到對方的咳嗽聲打擾，不過安然並沒有不悅，畢竟咳嗽這種事也不是當事人說控制便能控制得了。安然甚至有點同情那個止不住咳嗽的女人，心想在這種場合咳嗽還滿尷尬的。

樂曲再次來到高潮，然而咳嗽聲彷彿隨著音樂起伏而變得愈來愈激烈。如此痛苦的咳嗽聲，彷彿要把內臟也咳出來似地，安然聽著聽著開始覺得有點不對勁。

安然忍不住向女子身邊的男伴投以鄙夷的目光，心想進場時還看到兩人親暱地你儂我儂，現在女伴快咳死了，卻不見那男人關心一下。

後來更見女子咳得彎下腰，雖然坐在她身後的安然只能看到她的背部，但也能想像對方此刻的神情必定很痛苦。

見女子身旁男伴依舊無動於衷，看不過去的安然只覺得心頭對渣男的怒火登登登地上升，忍不住伸手拍了拍女子的肩膀，問：「妳沒事吧？」

女子聞言轉過身來，雖然因爲摀住嘴巴只能看到上半張臉，但仍能看出是名年輕女子。她的膚色很蒼白，眼下有著明顯的青黑色，看起來非常憔悴。大大的丹鳳眼充滿痛苦，眼神沒有聚焦地望向安然。

安然只覺得這女子的一雙丹鳳眼有點熟悉，還未來得及細想對方的身分，女子便忽然「嘩」的一聲吐出了大量鮮血！

異眼房東の日常生活

第五章・娛樂頭條

安然大驚失色地慘叫一聲，並霍地站了起來，連帶被他嚇到的還有附近一眾欣賞演奏會的人。

「喂！你沒事吧？怎麼了？」因爲精神不濟，半睡半醒間聽著交響樂的林俊，也被安然的驚叫聲嚇了一跳，轉頭朝安然看去，只見對方臉色煞白，一副驚恐萬分的模樣，顫抖地瞪大雙眼看著前排的位置。

幾名演奏廳的工作人員立即上前詢問：「先生，你沒事嗎？」

安然對於眾人的詢問恍若未聞，逕自以惶恐不安的神情盯著不停吐血的女子。女子的吐血量非常驚人，眨眼間，鮮血已把胸口處的衣服都染紅了。

最讓安然震驚的是，此刻他總算認出了這名長相娟秀的女子，她正是安然努力想要遺忘的女藝人，而她身旁的男伴就是李永榮導演！

「叮鈴!?」

眼前的叮鈴不停咳出鮮血，神色痛苦，然而她的雙眼卻眨也不眨地盯著安然，眼中滿是哀慼與怨懟。

被這雙眼睛凝望，安然只覺得不寒而慄，身體好像被無形的力量束縛般動也不能動。

耳邊模糊的人聲與音樂聲變得愈來愈遙遠，彷彿隔絕在另一個空間，只有女子聲嘶力竭的咳嗽聲清晰無比。

看見安然瘋魔似的舉動，林俊伸手拍了對方多次後發現沒有效果，便狠狠往安然的手臂擰了一下！

手臂傳來的劇痛讓安然瞬間回過神來，這才發現自己已引來眾人的注目。定神一看，坐在他身前的女子哪是什麼叮鈴，女子的衣服更是潔白如新，毫無血跡。

女子身邊的男伴倒眞的是李永榮，對方看向安然的臉色很難看，一陣青、一陣白的，隨即更向安然發難道：「在演奏會大聲叫嚷，還對我的女伴瘋子似地大喊大叫，現在的人到底是什麼素質!?」

隨著李永榮的責問，他的女伴也適時做出一副小鳥依人狀，嗲聲嗲氣地控訴：「李導演，剛剛眞是嚇死我了，我怕~」說罷，整個人已藉機投進李永榮懷裡。

身爲安然的同伴，雖然因爲對方突然發瘋而覺得丟臉，但聽到兄弟被人責問，林俊立即護短地將安然護在身後，道：「你還好意思說人哪！你們當眾親熱、摸來摸去的，我還沒罵你們害我長針眼呢！何況大叔你的年紀都可以當她老爸了吧？果然現今社會認乾爹是王道啊！」

說罷，林俊便不再理會那對氣得七竅生煙的男女，問安然道：「你還好嗎？」

安然心有餘悸地看了那女子一眼，隨即小聲說道：「阿俊，我們回家吧！」

雖然滿肚子疑問，但林俊也知道這裡不是說話的地方，拒絕了工作人員叫救護車的提議，扶著腳步虛浮的安然離去。

安然有點脫力地被林俊扶著走，心裡慶幸著好險自己今天有硬拉林俊陪同，不然只有他一個人，還眞不知道該怎麼辦。

看著林俊嚴肅的側臉，安然覺得這個大少爺有時候也滿可靠的。

突然，一隻手扶上安然另一邊的手臂，直把已是驚弓之鳥的安然嚇了一跳。壓下差點再度脫口而出的驚呼聲，安然有點驚懼地看去，卻看到一張算不上熟悉、卻絕不陌生的臉龐。

「陳、陳記者!?」

聽到安然的稱呼，陳清做了一個噤聲的手勢，小聲道：「噓！別那麼大聲，我可是跟蹤李永榮過來的，被他知道我是記者會有點麻煩。」說罷，女子擔憂地詢問：「你還好嗎？臉色看起來那麼差，眞的不用到醫院做個檢查？」

安然這才想起陳清是公眾人物最討厭的狗仔，被男子知道她的身分只怕會引來不必要的麻煩，立即壓低音量道：「我沒事，休息一下就好。我的朋友陪我就可以了，陳記者妳還有工作……」

陳清露出志得意滿的笑容，道：「工作已經完畢，拍到好東西可以下班了。」

安然不禁想起剛剛的小騷動，不知道對方有沒有拍到他的臉。他可不希望自己出現在明天報紙的娛樂版上。

思考著一會兒要找個機會拜託陳清將拍到他的照片刪掉，安然便沒有拒絕對方的幫忙，任由她與林俊一左一右地扶著自己步出演奏廳。

坐在文化中心供客人休息的長椅上，喝上一杯販賣部的熱飲，安然總算覺得身體恢復了溫度，失去的體力也逐漸回來。

看著心滿意足地翻看照片的陳清，安然斟酌了下用詞後詢問：「陳記者，這些照片妳打算怎麼處理？」

陳清笑道：「娛樂新聞嘛，當然是捕風捉影地說得愈誇張愈好，例如：『知名導演與女藝人偷情，被女方男友揭發，雙方險些大打出手！』之類的主題，一定很吸睛。」

安然聞言，身子一晃，按住額角道：「我又有點暈了。」

就在安然苦惱著該怎樣說服陳清把他的照片刪掉時，林俊卻已乾脆俐落地取出手機，酷酷地詢問安然道：「要叫律師嗎？」

「……」安然覺得大少爺的思考迴路，果然與他這個小老百姓不同！

身為記者，陳清最怕的就是涉入法律糾紛了，嚷道：「喂喂！小帥哥，我只是和安然開個玩笑，有必要這麼狠嗎？」

林俊挑了挑眉，道：「也就是說妳保證不會刊登安然的照片，也不會暴露他的身分？」說罷，還威脅似地搖搖手機。

陳清沒辦法，只得息事寧人地道：「好啦！我答應你就是。」

獲得陳清的允諾，林俊露出奸計得逞的微笑，當著她的面把手機解鎖，瞬間亮起的螢幕上是正在錄音的畫面！

林俊按下手機錄音的停止鍵，道：「記著妳的承諾。要是將來有任何法律糾紛，妳這番話將成爲呈堂證供。」

安然與陳清見狀，這才恍然大悟，原來這傢伙取出手機不只爲了威脅，還一直偷偷地錄音！

學著剛剛安然的動作，陳清晃了晃身子，按住額角道：「我也有點暈了。」

前一秒還喊暈的安然現在反倒不暈了，一臉欽佩地向林俊豎起大拇指。

陳清的臉皮很厚，明明先前還說要把安然寫成爭風吃醋的男友A，現在被林俊威脅也沒有表現出絲毫尷尬，沒事人般地向林俊打招呼道：「我知道你，小帥哥是與安然同居的室友對吧？幸會，我是陳清。」

林俊也沒有與陳清計較的意思，與她握了下手，道：「林俊。」

陳清笑道：「我與安然有些事情要談，你可以迴避一下嗎？」

林俊發現陳清的動作乾脆俐落，完全是一名職業女強人的姿態。不過淡淡微笑的時候，給人的感覺卻變得很柔和，平凡的容貌也帶有一絲嫵媚。

林俊不由得慨嘆這個女人絕對是個天生的記者，要是她以這副小綿羊的模樣去採訪，驟然問出犀利的問題，一定會讓人防不勝防。

不過見識過對方女強人的一面，林俊可不會被陳清外表的柔順給騙過去，道：「據我所知，妳與安然也只見過一次面而已吧？現在他身體不舒服，我並不放心把他留下來，有什麼事情妳就直說吧！」

陳清聽著覺得好笑，道：「安然那麼大一個人了，你還怕我會吃了他嗎？」

林俊聳了聳肩，道：「我只怕他一不小心便會成爲娛樂版頭條。」

對方不爲所動的模樣讓陳清深感頭痛，女子轉而詢問安然，道：「我等下找你談的話題比較敏感，讓林俊聽了終究不好。」話裡的意思，是想由安然下逐客令。

安然卻一臉坦蕩地說道：「陳記者直接問就好，我沒有什麼事須瞞著阿俊。」

眼見趕不走比較難纏的林俊，陳清也不再堅持，道：「那我就直說吧！安然，剛剛我聽到你喊叮鈴的名字。」

安然想不到陳清竟是詢問這個，眼中頓時閃過一陣慌亂，臉上卻努力維持著淡定的神情：「有嗎？我並不認識那名去世的女藝人，也許是妳聽錯了。」

「是嗎？」彷彿早已猜到安然會否認，陳清也不介意，自顧自地說道：「也許眞的是我聽錯了，不過安然你還是小心一點，剛剛李永榮認出你時的眼神很不對。他的人品雖然不怎麼樣，但表面工夫一向做得很足，不要說你是他的救命恩人，即使只是不認識的陌生人，他也沒理由故意要讓你難堪。」

聽到陳清這番半是提醒、半是試探的警告，安然不禁皺起眉頭，猜測李永榮激烈反應的主因。

如果說李永榮是因爲看到他而聯想到當初叮鈴找交替的事，心生恐懼而故意想與安然撇清關係，這也不是不可能的。

但安然卻覺得事情不光是如此。只因他從李永榮身上，清楚地感受到警戒與惡意。

再想到剛剛在演奏廳看到的恐怖情景，難道……叮鈴一直跟在李永榮身邊，尋找機會想謀害他？

李永榮之所以惡眼看他，該不會是誤以爲他知道什麼內情吧？記得救下李永榮時，他曾經向對方形容過女鬼的容貌，李永榮聽到後還嚇得逃走……

安然腦中想著事情，嘴巴依然有一搭沒一搭地應付著陳清，道：「也許他只是心情不好，加上我唐突了他的女伴，所以才那麼生氣吧？」

「當時你爲什麼突然伸手拍那個女生？」陳清追問。

「我認錯人了。」

「認錯人會大叫大嚷？」

「我不是不舒服嗎？突然覺得頭好痛，忍不住痛呼出來。」

「……」

直至安然恢復精神後告辭，陳清也問不到什麼有用的情報。一旁還有林俊正虎視眈眈，她只得微笑著讓兩人離去。

看著兩人遠去的背影，陳清想了想便拿起手機按下一串號碼。「喂，木頭嗎？我剛剛遇上一件事情，你一定感興趣的……」

□

第二天一早，安然買早餐時，順道從便利商店買了份報紙。

「名導演與新歡幽會，情緒失控大鬧演奏廳」的字眼赫然映入眼簾。

報導中，安然覺得自己簡直成了一朵惹人憐愛的悲情小白花，慘被一對蠻不講理的名人情侶欺凌而不懂反抗。而李永榮導演與那名女模則變成了囂張倨傲、橫行霸道的惡人。

照片角度是從安然背後拍下的，這個位置完全拍不到安然的容貌，卻清楚地拍下李永榮導演與女伴的模樣。

也不知陳清是否故意的，這照片正好捕捉到當時女模怒瞪安然的瞬間，一旁李永榮黑著臉的表情，在照片中看起來也特別猙獰。

至於照片中的安然，則渾身無力地被林俊攙扶著，簡直如林黛玉般楚楚可憐，賺足了同情分。

放下手中的報紙，安然心有餘悸地說道：「記者這種生物眞是太可怕了！」

這篇報導，根本就是惡意把那兩人醜化了十倍好不好！

林俊好奇地看了一眼，便一臉無趣地撇了撇嘴，道：「嘖！我只有手臂上報，你卻有整個背部入鏡，那個記者眞沒眼光！」

安然無奈地揚了揚手中的報紙，道：「這有什麼好比的？只有手臂上報不是很好嗎？雖然沒拍到我的臉，但熟人說不定還是能從背影認出我來，這才教人爲難吧。」

「放心吧！認不出來的。」林俊篤定地說道。

「你又知道？」

「因爲你這個人徹頭徹尾就是張路人臉，即使看到容貌也未必會認出來。只有背影的話，認得出來才有鬼！」

聽到林俊說得斬釘截鐵，安然心情複雜，也不知該爲別人認不出自己而高興，還是該爲自己的路人甲氣質感到悲哀。

「不過那個陳清似乎盯上你了，最近小心一點，如果她找你的話別亂說話，有什麼事情先問問我。即使我才剛入門，但好歹能給些法律意見。」

林俊的態度雖然一如以往般囂張欠揍，卻透露出淡淡的關懷。安然感動過後，這才反應到他最後那句話：「嗯？什麼意思？爲什麼法律意見可以詢問你？」

林俊有點奇怪地回望了安然一眼，回答：「我是法律系的啊！」

安然驚訝地瞪大雙眼，雖然知道林俊還在讀書，而且好像還是個曾跳級的天才。但安然從沒注意對方讀的到底是什麼，直到現在才知道林俊原來是法律系的學生。

法律系耶！眼前這個仍略顯青澀的少年說不定將來會是個大律師，這絕對是個「高端、大氣、上檔次」的職業啊！

年少、多金、有才華，這還讓不讓別人活啊!?

林俊看著突然又不知道哪裡中風的安然，露出鄙視的神情：「你又怎麼了？」

安然有氣無力地軟倒在沙發上，道：「不……我只是在惋惜我是個獨子，沒有姊妹……」

雖然這傢伙有點少爺脾氣，但相處下來還滿懂得體貼人的。難得的金龜婿人選要便宜別人了，想想也鬱悶耶！

對於安然的話，林俊不明所以地道：「姊妹有什麼好？女人動不動就哭，麻煩死了！還是兄弟可靠得多了。」

聽到對方炫耀的語氣，讓獨生子的安然羨慕得牙癢癢之餘，這才想起另一名室友，道：「對了，鋒哥呢？」

林俊道：「喔！他今天有約，外出了。」

「咦？鋒哥約了朋友嗎？」安然不禁好奇追問。林鋒的生活單調得近乎枯燥，每天的作息也都很有規律，這還是安然第一次看到林鋒的生活中除了鍛鍊、工作、吃飯、睡覺、上廁所以外，有其他活動。

「朋友……正確來說那個人是他曾經的對手吧！」

安然瞪大雙眼，腦海中不自覺浮現起在懷舊冰室中，林鋒與一名身上紋著龍虎鳳的肌肉男面對面坐著，身後各自站著一群拿著西瓜刀的小弟……

林俊「啪」地打了安然的後腦勺一下，道：「你又在亂想什麼!?」

安然揉了揉有點發疼的後腦，試探著詢問：「阿俊覺得他是個怎樣的人？」

林俊想了想，道：「是個很精明、很難纏的對手。工作效率很高，還是個大美人。」

安然聞言愣住了。

冰室、肌肉男、西瓜刀的設定瞬間崩塌，變成在充滿情調的法國餐廳裡，林鋒與一名穿著套裝的女總裁深情對望；女人修長的玉腿交叉相疊，穿著黑色絲襪與高跟鞋的玉足，挑逗地撩撥林鋒的小腿……

原來所謂「對手」，是「床上對手」的意思嗎!?

此刻安然激盪的心情，簡直能夠媲美哥倫布發現新大陸！

能夠擄獲林鋒的心，到底是個怎樣的美人呢？

□

此刻，安然與林俊話題中的主角——林鋒，確實約了一名美人共進午餐。

然而不同於安然的想像，兩人不僅沒有絲毫曖昧的行爲，氣氛甚至還算不上友好。

最重要的是，這個林俊口中的美人是個男的，而且是與安然有過一面之緣的警官白樺！

白樺踏進西餐廳後，很快地便看到比自己早一步到達的林鋒。

不得不說林鋒實在長有一副好皮相，輪廓深邃、劍眉朗目，氣度更是不凡。一身凶悍的氣息，以及坐著時也挺得筆直的腰桿，要不是香港不用服兵役，眞的會讓人誤以爲這是名訓練有素的軍人。

正因林鋒這種引人注目的特別氣質，所以即使選了角落的位子坐，白樺還是一眼便看到他。

舉步往林鋒走去，明明雙方還有一大段距離，但白樺卻像踏入林鋒設下的隱形警戒線般，立即引來林鋒的注意。

這讓白樺嘴角勾起玩味的笑容，心想這傢伙現在雖然看起來一副悠閒放鬆的模樣，但可是頭正在打瞌睡的猛虎，看似漫不經心，卻沒有失去絲毫應有的警覺與戰鬥力。

白樺在林鋒對面的位子坐下，微笑道：「很抱歉那麼突然約你出來。」

「沒關係，反正我沒什麼事。你就直說約我出來的目的吧！」

「這番話眞無情，我約你出來一定要有什麼目的嗎？只是聽到老對手的消息，覺得很懷念，單純約出來聚聚而已。」

聽到白樺的否認，林鋒沉默著沒有追問下去。他自然不會相信這個人突然約他，只是爲了聚一下這種狗屁原因；卻也知道既然對方有事找他，終究還是會把目的說出來。因此林鋒完全不急著追問，老神在在地想看看白樺要耍什麼花招。

見林鋒不說話，白樺悠然自得地看著菜單，道：「我們先點餐吧！這間餐廳的午餐不錯。」

林鋒從善如流地點了一道白樺介紹的午餐後，兩人便相對無言地望著。

這可苦了負責這區域的女服務生。本來她看到坐在這桌的是兩名大帥哥還覺得沾沾自喜，然而這兩人間的氣勢實在太嚇人了，那名不苟言笑、看起來有點凶惡的大帥哥也罷了，就連遲來的這位溫文爾雅青年，微笑著散發生人勿近的氣勢時，那威力竟也不遑多讓。

自從他們點餐後，沒有了菜單分散他們的注意力，兩人對望時的氣流四射，一旁服務生所感受到的壓力絕對不止一加一等於二。

所以林鋒這一桌就像有著一道看不見的神奇結界，服務生走動時的路線總會不由自主地偏移開去，如非必要，也不願接近這一桌客人。

這間西餐廳上菜的速度不慢，很快兩人的餐點便送齊了。白樺實行食不言的餐桌禮儀，林鋒本身也不多話，於是兩人的沉默繼續延伸，默默吃著面前的午餐。

女服務生已完全把詢問兩名帥哥電話的想法熄滅了，這沉默雙人組的氣場實在太可怕啦！

安安靜靜地吃完午飯、放下刀叉把嘴巴抹乾淨後，白樺這才打破沉默，微笑著道：「說起來，這還是我們第一次坐下來一起吃東西。」

林鋒淡淡說道：「我沒有與敵人坐下來吃飯的習慣。」

白樺笑了，道：「那這次你願意赴約，是不是代表你已經不把我視作敵人？」

林鋒挑了挑眉。即使是這種漫不經心的動作，出現在他的身上也能夠讓人感受到凌厲的銳意，道：「這只因爲你是我的手下敗將，已不配稱作對手。」

「你還眞是一點兒也沒變，說話仍是這麼氣勢凌人。」白樺完全沒有被林鋒的話氣到，托著頭微笑道：「要不要試試看，我還有沒有與你對著幹的資格？雖然我還沒搜集到足以把你抓進牢獄的證據，但爲你帶來一點小麻煩還是做得到。聽說你與弟弟林俊，現在正租住在一個叫安然的男生家裡？」

林鋒不怒而威的眼神，聞言露出銳利的殺意，道：「你想做什麼!?」

「這是我要說的話。」白樺毫不畏縮地回盯著林鋒的眸子。

白樺有著一雙勾人的桃花眼，睫毛又長又濃密，總是水汪汪地帶著三分笑意。然而此刻這雙美麗的桃花眼卻收起笑意，冷冰冰地一如林鋒的眸子般，鋒芒逼人。

白樺質問道：「安然只是普通人。你想做什麼?想從他身上得到什麼好處!?」

「白警官是在審問我嗎？」

「怎會呢?你想太多了。」白樺重新露出笑容，再度變回溫文爾雅的青年，剛才的針鋒相對彷彿只是場幻覺。他道：「我只是單純對你們兄弟的行爲感到好奇，既然你不想說，我當然不會強人所難。」

林鋒喝了一口熱茶，沒有作聲。也許在外人看來，這兩人只是有點小爭論，然而林鋒很清楚對方是個受過特殊訓練的審訊高手。無論是對話的內容，還是對手的語調、眼神、音量、呼吸頻率、肢體動作等，白樺都能夠從中獲取想要的資訊。

當然林鋒也不是省油的燈，反過來，他也是個反審訊的高手。結果一番對話誰也奈何不了誰，這次沒有硝煙的交鋒，終以平手收場。

很久沒有出現與自己旗鼓相當的對手了，雖然只是場短暫的交鋒，但林鋒仍心感愉悅地勾起嘴角。

林鋒淡然詢問：「你想說的就只有這些嗎？」

「還有一個消息要告訴你，算是友情提供吧！」白樺道：「讓安然小心一點李永榮，娛樂圈的水很深。」

「我不明白你的意思。」林鋒不曉得昨天的事，更何況他本就不會在白樺面前透露太多東西。雖然林鋒隱約猜到事情也許與叮鈴的案件有關，但他還是表現出一副毫不知情的模樣。

「是嗎？我可是聽說了哦，昨晚安然指著李永榮的女伴大叫『叮鈴』，今天還上了報紙的娛樂頭條呢！」說罷，便不理會聞言後皺眉的林鋒，拿起帳單道：「我差不多要走了。看在那麼久沒見的份上，這次我請客吧！下次你記得要回請喔！」

說罷，背對林鋒瀟灑地揚了揚手中的帳單，逕自走到收銀台結帳。

林鋒並沒有尾隨白樺離開，他悠然自得地把剩下的紅茶喝光後，這才將見底的茶杯放下，緩緩舉步離開。

異眼房東の日常生活

第六章・浴室驚魂

安然不知道林俊口中的「美人」，正是調查叮鈴一案的白樺，也不知道白樺與林鋒中午曾以自己爲主題進行了一番交談。

辛勞了一天，安然下班後總是歸心似箭。路過公園時，他再次遇上那個拍著皮球的小女孩。

女孩依舊旁若無人地在昏暗的公園裡拍著皮球，伴隨著「砰！砰！砰！」皮球拍打聲的，還有小女孩喃喃自語般的嗓音。

八十二、八十二、八十二、八十二……

一如初相遇時，這孩子每拍一下皮球，嘴裡都會唸同一數目——「八十二」。

雖然對於女孩每次都數出「八十二」感到大惑不解，但心裡擔憂著孩子安危的安然，並沒有太在意。

舉步往女孩走去的同時，安然也在心裡抱怨著對方的父母。雖說這裡的治安很好，但孩子還這麼小，父母怎麼總讓她獨自出門玩耍，而且這麼晚還不回家呢？

安然邊走，邊考慮送這個女孩回家時，是否該順道與對方父母談談？

滿腦子想著登門拜訪時要說什麼的安然，漫不經心地在注意到某件事情時，倏地停下前進的步伐。

昏黃街燈下，無論是安然還是那小女孩，身上都被燈光照出一道長長的影子。然而仔細一看，女孩手中拍動的皮球卻是沒有影子的！

詭異的狀況讓安然僵住了，動也不敢動。女孩依舊維持著拍皮球的動作，毫無疲倦或想要停下來的意思，彷彿她可以一直拍下去，永遠不會停止。

耳邊聽著女孩叨叨唸唸的「八十二」，看著沒有影子的皮球被拍動得「砰砰」作響，安然只覺得這個原本不在意的場景怎麼看怎麼詭異，頭皮發麻，有種想要拔腿就跑的衝動。

到了此時，一直被忽視的眾多怪異處在安然腦海中閃過……

這麼小的孩子深夜在公園裡，本就是很奇怪的事情。這裡有那麼多人經過，難道從來沒有人去理會這孩子嗎？

更何況女孩的舉止怪異，不只上次莫名其妙消失了，現在更發現她拍動的皮球沒有影子……

安然愈想愈不對勁，盡量在不驚動對方的狀態下緩緩往後移動。

就在安然與小女孩成功拉開了一段距離、正想轉身逃離之際，孩子拍動皮球的動作不變，然而，她的頭顱突然一百八十度地扭過來，雙眼定定注視著想要離開的安然！

人類的脖子根本不可能扭成那種角度，饒是這女孩長得再可愛，現在這模樣還是讓人感到毛骨悚然！

不知道哪來的勇氣，安然拔腿就跑。

直衝至村屋並把大門關上、確定沒有任何東西跟在身後後，安然這才氣喘吁吁地停下來，驚魂未定地慶幸自己及早發現女孩的異常。不然若眞的毫無防備地接近她，也不知道會有什麼下場。

不希望林家兄弟爲他擔心，而且這種事情對方也幫不上忙。安然一直待在家門外，直至呼吸恢復平穩，抹乾頭上的汗水、整理過因奔跑而變得凌亂的頭髮後，這才舉步返回家裡。

隱藏著心裡的惶恐不安，安然才剛打開大門，便看到妙妙衝上來，歡快地搖動著尾巴歡迎他回家。

安然見狀，只覺得心軟得一塌糊塗，心頭的鬱悶與驚惶頓時煙消雲散，立即彎腰抱起小狗親了一口，道：「小公主，我愛死妳了！妳眞是我的小天使！」

因安然的動作而醋勁大發的林俊，立即衝上前把自家女兒從色魔手裡拯救下來。然而妙妙卻很不給他面子，努力掙扎著想往安然身上湊。

林俊心裡有各種疑問，他實在搞不懂安然到底有什麼好，明明他才是妙妙的主人，爲什麼小狗就是不黏他，卻老愛往安然身上湊呢？

林俊滿心懊惱地盯著安然，從頭到腳地評價起來，心想這個人明明長得沒他帥，腦袋沒他聰明，女兒到底是看上他什麼啊!?

仔細觀察下來，卻讓林俊看出了不妥，道：「安然，你身體不舒服嗎？臉色有點差。」

「也許是因爲昨晚沒睡好吧？我先去洗把臉。」雖然安然隱瞞了剛剛發生的事情，但其實也不算說謊。因爲昨天演奏會的事，安然確實作了一整晚噩夢。

經安然提起，林俊道：「中午二哥回來後有問我昨天的事情，說飯後會和你談談。」

安然點了點頭，便舉步往浴室走去。

用冷水洗了下臉，清涼感讓有點遲緩的腦袋瞬間清醒，人也立即恢復了不少精神。

瞇著雙眼摸向毛巾，手卻摸上了毛巾以外的東西。

雖然異常冰冷，但這觸感怎麼像是隻纖細的、女生的手……

在應該只有自己的浴室裡，安然摸到一隻女生的手！

顧不得滿臉都是水，安然把手縮回的同時、立即睜開眼睛，隨即從身前鏡中看到身後站著一個人影。

鏡子反映出來的人影就像隔著一層濃霧般看不確切，但安然仍能肯定這是個女生，絕不是林家兄弟故意假扮跟自己開玩笑！

被身後不知何時存在的人影嚇了一跳，但爲免刺激對方，安然硬是把快要脫口而出的驚叫壓下，只是一臉驚惶地看著鏡中的影像。

安然一動也不敢動，那東西就站在他後面，他不知道現在應該奪門而出，還是要當作看不見？

惶恐不安地注視著鏡中影像，安然愈看愈覺得鏡中人那朦朧、蒼白的臉龐，給他一種熟悉的感覺。可是一心想著該如何全身而退的安然並沒有細想那麼多，移開視線往毛巾處偷瞄過去。

剛剛的觸感果然不是他的錯覺，一隻女性的手正按在毛巾上。這隻手蒼白得近乎透明，皮膚內的血管清晰可見。安然還注意到手臂上有很多紅點，彷彿被針刺出來的傷口……

蒼白的手在毛巾上緩緩移動，緩慢輕柔的動作彷彿撫摸情人的臉龐。看著這隻從身後伸出的手，安然只覺得不寒而慄，全身僵硬。

此時，傳來了一陣拍門聲，道：「安然你沒事吧？怎麼進去洗臉洗那麼久都不出來？」

被聲響驚醒，心驚肉跳的安然有如驚弓之鳥般看向浴室的門，隨即想起身後人影，顧不得門外的拍打聲，再次看向鏡中，這才驚覺站在他身後的人影不知何時已經消失了！

安然不管自己臉上仍是濕的，立即逃命似地衝出浴室，慌不擇路地與門前的林俊撞個滿懷。

林俊被安然撞得退後了兩步，被撞到的部位陣陣發疼。他雙手按住安然的肩膀，把兩人距離拉開一點，立即不滿地罵道：「你搞什麼呀？」

「裡、裡面……」安然邊喘著氣邊拉了拉林俊的手臂，不待林俊再說任何話，安然便強行將人推進浴室裡，但自己卻很沒義氣地站在門外沒有進去。

「啊！」聽到林俊的驚叫聲，安然立即心頭一緊。

難道那東西還沒走嗎!?

「你怎麼洗臉後不把水抹乾？弄得我衣服都濕了！」

原來是林俊發現身上的水漬。聽到林俊罵咧咧的話，安然反而鬆了口氣。探頭進去看了看，只見對方正拿毛巾抹著身上的水漬。

「呃……這毛巾……」

「怎麼？你弄得我滿身是水，還不許我用一下你的毛巾嗎？」林俊語氣很差地質問，顯然仍在氣頭上。

「沒什麼，你請便吧！」

只是這毛巾剛剛才被鬼摸過……

因爲精神不濟，再加上回家路上，以及剛剛在浴室接連受到的驚嚇，讓安然完全沒有了煮飯的心情，簡單炒了兩碟小菜便作罷。

林俊與林鋒也察覺出少年的異狀，不過對方明顯一副不想多說的模樣，兩人也識趣地沒有追問下去。

飯後，林鋒果然如先前林俊所說的，詢問了安然演奏會的事。安然毫無保留地把昨天發生的事情鉅細無遺地複述一遍，猶豫了片刻，便把浴室的事也一併告知。

談及浴室的事情時，安然再度想起鏡子裡反映出來的靈體給他的熟悉感。雖然容貌看不清楚，但愈回想，便愈覺得她的輪廓很像叮鈴！

不過即使說出這件事，林家兄弟也幫不了什麼忙，除了嚇到他們外，沒有什麼建設性，因此安然本來打算遇上靈異事情時，對方不問他便不主動提起。但事情發生在家裡，就另當別論了。

畢竟安然要是把不好的東西惹回家，身爲同住的房客，林家兄弟有知道的權利。

聽過浴室的事情後，林俊瞬間炸毛，道：「安小然！我就奇怪你爲什麼突然把我推進浴室裡，原來是把我當作白老鼠，試一下裡面的鬼魂走了沒有嗎⁉」

安然知道自己的做法有點不厚道，連忙頻頻道歉，還簽訂了一整個月包辦林俊負責家務的不平等條約，好說歹說才把怒不可遏的林俊哄得怒火稍熄。

看到安然總算把林俊摸得順毛後，林鋒便把話題帶回正途，道：「小心一點那個李永榮。他看到你時的反應太激烈了，再加上你兩次看到叮鈴鬼魂在他身邊，那個人說不定與叮鈴的死有什麼關聯，他的事情你就別再碰了。」

林俊聽得直點頭，接著數落道：「千萬別胡亂幫人，這年頭好人不好當，小心惹禍上身。」

安然聞言後一臉鬱悶。他好無辜啊！兩次事件都不是他有意要管，誰知道去探病會遇上抓交替，去聽場演奏會會遇上鬼魂吐血⁉

而且看到有人快被車撞到，衝上前把人拉開只是自然反應，當時他根本沒想太多。至於演奏會那事他就更無辜了，那時坐在後排的他只看到對方的背影，根本不知道那個咳得聲嘶力竭的女生是鬼，也認不出李永榮，更說不上是故意去接觸他們了。

想到當時叮鈴吐得一地鮮血的恐怖畫面，安然打了個冷顫，連忙甩了甩頭消去腦海中的影像。

正因這個驚嚇的吐血情景，害他昨天作了整晚噩夢，睡醒後比沒睡還累。

看見安然陰鬱的神情，以及眼下的黑眼圈，林俊提議道：「那位唐師父上次不是給了你電話嗎？不如打給他，看看他能否給你一些建議？」

「這樣會不會打擾到他？」安然不是沒想過要向唐銘求助，但經上次了解，唐銘並非以此維生，他本身亦不缺錢，這也是爲什麼上次招待他們的地方是對方家裡而非公司。

上次幫忙，也是看在劉天華的面子上。雖然唐銘在他們離開時有給自己聯絡電話，說出現問題時可以打電話向他求助。但安然知道人情這種東西有來有往，他與唐銘又不熟，再怎樣厚著臉皮，打擾人家一、兩次已是極限。

即使不識大體地頻頻找對方，人家也未必願意理會。現在他雖然遇上怪事，但說到底也只是受了些驚嚇，並沒有受到任何實質傷害。眞的要因這些小事，而浪費一次找唐銘幫忙的人情嗎？

看出安然的猶豫，林俊沒好氣地說道：「她一次次在你面前顯現，也不知道是不是故意的。而且你曾經壞她好事，怎知道她會不會糾纏著你？與其爲了將來不可測的危險而恐懼煩惱，倒不如在只是麻煩的階段找唐銘幫忙。」

安然想了想，也覺得林俊的話有道理。就像他莫名其妙地獲得了見鬼的能力般，說不定某天又莫名其妙地看不見了呢？手上的好處該使用的時候，便應該適時地使用。

前兩次的事，安然雖受到驚嚇，但對叮鈴會不會帶來危險一事其實並不是太擔心，反倒會不會被人誤以爲自己與命案有關，這還比較讓他感到憂慮。

畢竟怎樣看，被鬼魂糾纏著的人是李永榮，安然只是運氣不好遇上他們兩次。

可是，如果剛剛在浴室鏡子看到的女生眞是叮鈴，豈不代表對方放棄李永榮，改爲糾纏起他來？

一想到這裡，安然便不淡定了。

□

趁時間還不算很晚，安然按下存在手機裡唐銘的號碼。

電話響了數聲，很快便傳來唐銘如清泉般淡雅溫和的嗓音：「喂？」

有些人就是得天獨厚，即使只是聲音也完美得沒有絲毫瑕疵，讓安然瞬間便想起他那不食人間煙火般的謫仙之姿。

要是在認識唐銘前，安然一定想不到自己有天竟會因爲這短短的一個單音而失神。還是唐銘等了一會兒、覺得奇怪，而再度出聲發問，安然這才回過神來。

也怪上次見面時，唐銘那身空靈的氣質實在太引人注目了，反而忽略其他細節。現在單聽到唐銘的聲音，安然才發現這獨特的嗓音到底有多動聽！

「呃，抱歉，請問是唐師父嗎？我是安然。」想不到自己竟然聽一個人的聲音聽得入迷，現在安然無比慶幸他們是用電話聯絡，至少對方看不到他變得通紅的蠢臉。

「安然？你好，打電話給我有什麼事情嗎？」

唐銘並沒有追問安然剛剛爲什麼不作聲，這讓安然暗暗鬆了口氣，態度也變得沒那麼拘謹了，他道：「是有些事情想請教你的意見，現在有空嗎？你知道的……就是有關鬼魂方面……呃，如果太打擾的話……」

安然個性好強，是那種寧願自己辛苦一點，也不願意麻煩別人的個性。說著說著便開始忐忑不安起來，甚至還打起了退堂鼓。

電話另一頭傳來唐銘的輕笑聲，道：「沒關係，反正我現在也沒有什麼事情，而且我也有點好奇你又遇到了什麼。另外先前已說過我不是專業的，你不用喊我唐師父，直接喚我名字便好。」

唐銘溫和的聲音與態度讓人如沐春風，讓安然不由自主地放鬆起來。知道唐銘這個人不喜歡虛僞的應酬話，安然直接把最近一連串事情和盤托出。就連那女鬼是叮鈴一事，安然也在猶豫片刻後，沒有絲毫隱瞞地如實相告。

聽過安然的敘述，唐銘沒有立即爲他分析事件，反倒揶揄道：「原來那個報導中被李永榮與女伴欺凌的『路人A』，是安然你啊？」

安然手一滑，差點兒把手機摔在地上。

「唐銘你……有看娛樂版嗎？」不食人間煙火的唐師父，一臉八卦地看娛樂新聞的畫面太美好了，安然不敢想像耶！

唐銘笑道：「當然啊！不然與別人閒話家常時不就沒有話題了嗎？」

「……」

請別再讓你的謫仙之姿繼續崩壞了，謝謝！

「不過，安然你這次似乎真的惹上了大麻煩呢！」

唐銘這話一出，立即讓安然緊張起來。

只聽唐銘續道：「聽過一個說法嗎？人生的前半生是在償還上一世的業，後半生則是在享這一世的福。另外也有種說法，厲鬼向凶手索命是獲得天道允許的，當然這些說法是否正確還有待商榷，但盡量別隨意插手，尤其是怨靈的恩怨。你想想，人家死後變成鬼也要拉對方作陪，這是多深的愛恨交纏啊!?」

小小地幽默一把，無視安然「我也不是故意的啊」的辯解，唐銘續道：「厲鬼索命，最棘手的便是在生前與受害者之間有著恩怨。一般來說，要是雙方有著很重的因果，那麼外人便不適合插手干預。聽你的描述，叮鈴的鬼魂很明顯是衝著李永榮來的。可是卻接連受你阻擾，因此你便沾染上這段因果了。」

安然反駁道：「可是、可是，不也有很多師父做著驅邪捉鬼的生意嗎？」

唐銘解釋道：「一般來說，遇上這種情況，無論哪個宗教的師父，大都會選擇以和爲貴。基本上會向受害人建議進行一些超渡儀式，以求能夠消除鬼魂的怨念，鮮少眞的把人家打得魂飛魄散。畢竟這種做法太決絕，不但有損功德，也無法徹底解決問題。要知道天道循環，報應不爽，有時候不是不報，只是時候未到罷了。」

「那我該怎麼辦？」

「她出現在你家裡，應該是有所求。厲鬼的力量再強，也不是如你們想像般能夠肆無忌憚地進行復仇。既然是你阻撓了她的報仇，那麼你便有義務爲她完成心願。我建議你還是找時間與李永榮談談吧！那個人應該知道些什麼。」

安然同意這事再拖下去也不是辦法，不過詢問李永榮，對方會跟他說實話嗎？總覺得現在李永榮看到他便會掉頭就跑啊，怎麼辦!?

「謝謝你的提議，我會好好考慮的。」謝過唐銘後，安然關上手機，他想了想，決定在行動前先和林家兄弟商量一下。

異眼房東の日常生活

第七章・主動出擊

此時林鋒正在洗碗，林俊繼續霸佔客廳的電視打電動。當安然步出房間時，兩人立即不約而同地放下手上的事往安然看去，顯然一直關注著他的動靜。這讓安然心頭一暖，心想有人關心的感覺眞不錯。

「如何？唐銘怎麼說？」林鋒脫下塑膠手套、從廚房步出，身上依舊掛著圍裙，看起來有點滑稽，這個居家男的形象，意外沖淡了不少讓人忌憚的鋒芒。

「他建議我找李永榮談談。」安然才剛說一句，林俊便反應很大地反對道：「跟那個大叔有什麼好談的!?」

林鋒卻頗爲贊同唐銘的建議，他說道：「解鈴還需繫鈴人，這倒是個不錯的方法。」

「那個叮鈴如此執著於找李永榮麻煩，我說那個大叔不是始亂終棄，便是與她的死有關，說不定還是個殺人犯呢！安然你自投羅網，就不怕撞在那個殺人犯手上嗎？」林俊道。

李永榮是個殺人犯這點安然倒是沒想過，不禁猶豫起來，道：「不如你們陪我一起去？」

說罷，安然便把期待的視線投至林鋒身上。

像鋒哥這種既能殺人放火，又能驅邪擋煞的大殺器，絕對是居家必備的不二人選啊！

林俊見狀，訕笑道：「這你不用想了。那個大叔上次看到你時便一副心虛著要撇清關係的模樣，顯然是不想與你多談。讓二哥陪著你一起去的話，他更不會願意與你坐下來談的。」

安然想了想，也覺得林鋒一身氣場過於生人勿近，便把期盼的眼神投向林俊。

林俊「嘿嘿」一笑，道：「我陪你一起去無所謂，但上次我在演奏會狠狠得罪了他，你確定那個大叔不會對我懷恨在心？」

安然嘴角一抽，當時林俊的確把人罵得夠狠，李永榮看到他時想必會二話不說轉身便走。

此時林鋒突然插話，道：「其實還有一個適合人選。」

林俊與安然交換了疑惑的眼神，不約而同地詢問：「誰？」

「那個調查李永榮的記者，陳清。」林鋒並沒有賣關子，爽快地道出答案。

林鋒的答案出乎兩人預料，安然立即期期艾艾地反駁道：「可是如此一來……我該怎樣向陳記者解釋？而且、而且她豈不是會知道叮鈴的事情嗎？」

「李永榮與叮鈴的事早已引起她的注意，你要找李永榮談話很難瞞過她。既然如此，倒不如把她拉進同一陣線，各取所需。」相較於兩人的激動，林鋒沉穩的語氣讓人感到很可靠，讓安然浮動焦躁的心奇異地平復下來。同時，林鋒穩重的態度，也讓他的話顯得更有說服力。

安然還猶豫不決之際，林俊卻先一步反應過來，道：「也對。先前我們之所以提議你裝作什麼也不知道，與叮鈴的事件撇清關係，是因為我們本以為你不會再與這件事有任何交集。可是現在既然跑不掉，那就只能選擇面對，盡快把事情解決掉。陳清這個人難纏得很，與其花時間與她鬥智鬥力，倒不如向她坦誠相告。她正需要一個能夠接近李永榮套口風的機會，你也需要一個合適的人陪你去，你們恰恰是乾柴烈火一拍即合啊！」

這是什麼鬼形容？安然回以白眼。

林俊對安然的臭臉視而不見，逕自續道：「倒是那個白樺比較麻煩。他畢竟是調查這件案子的警察，又是陳清的朋友，就怕他知道後想多了。」

安然無奈說道：「他要懷疑我也沒辦法，反正人又不是我殺的。頂多以『協助調查』的名目把我拘留四十八小時，最終還不是要把我放出來？」

「也只能這樣吧。」聽到安然的話，林俊對此也沒有什麼好辦法，頓時陷入短暫的沉默裡。

林鋒打破沉默道：「白樺就交給我吧！」

林俊大驚道：「二哥你不是最不耐煩他嗎？你該不會打算一不做二不休把人幹掉吧？香港不比國外，不只對槍械嚴格監管，執法也很嚴謹，在這裡殺人有點麻煩啊！」

把心裡話脫口而出後，林俊才驚覺還有個一無所知的安然。看看身旁因自己這番話而呆若木雞的安然，林俊立即欲蓋彌彰地解釋：「我剛剛只是開玩笑。」

安然聽得一臉黑線，連吐槽的力氣也沒有。

不過他並沒有把林家兄弟的話當眞。經過這段時間的觀察，經常足不出戶的林鋒頂多也只是黑社會頭子（？）而已，又不是恐怖分子，殺警察說得像砍瓜切菜似地，也太沒有眞實感。

看到安然的表情，便知道對方壓根兒沒有在意他剛才說的話。慶幸安然完全沒有把那些話放在心上的同時，林俊卻又有種被對方看扁的不爽感，心情頓時變得很複雜……

林鋒挑了挑眉，把話題拉回正軌，道：「你打算哪天去找陳清與李永榮？當天我會負責拖著白樺。」

安然想了想，道：「星期日吧！」

林俊好奇地詢問：「離星期日還有三天，爲什麼不明天就去？這種事情不是愈早解決愈好嗎？」

「當然是因爲星期天是假日，我不用特地請假啊！」安然回答得理所當然。

「……」林鋒無言。

林俊道：「……你還能夠再摳門點嗎？」

「我是摳門又怎樣!?像你這種無憂無慮的大學生與……是不會明白我這種一年只有七天年假的小員工心情的！」安然被兩人看得不好意思，惱羞成怒地道。

林俊好奇地詢問：「你剛說『像你這種無憂無慮的大學生與……』，那『與』之後的停頓是什麼？」

看安然沒有回答，林俊笑嘻嘻地猜測道：「你想說二哥是家裡蹲嗎？」

「……」林鋒再次無言。

「……」安然突然萬分敬佩林俊，什麼叫作敢在老虎頭上拔毛？這就是了！

□

警隊是輪休制，「星期日」這個日子對他們的意義並不大，甚至很多時候在假期裡也會因爲各種原因被強制終止休假，得匆匆忙忙地投入工作中。

星期天一早，白樺才剛踏進辦公室，手機便響起。

看著來電顯示的號碼，白樺有點意外地揚起眉，隨即愉悅地勾了勾嘴角，按下接聽的按鍵。「眞意外，怎麼會想打電話給我？」

接電話的同時，白樺還順道將玻璃窗的百葉簾拉下，杜絕了下屬窺探的視線。

雖然聽不到房裡的聲音，但對於這一眾菁英來說，不難從剛剛白樺說話的口形知道他在說什麼。

看到美人上司愉悅的笑容與親暱的話語，雖然只有短短一句，也足以讓一眾特案組的隊員產生無限遐想。

電話另一端傳來了略帶低沉、充滿磁性的男聲，道：「你今天有沒有空？上次你請客時，不是說要我回請嗎？」

白樺笑道：「我有沒有空這個問題，你應該早已打探清楚了吧？林二公子。」

電話另一端的林鋒並沒有否認，還爽快地承認下來，道：「我知道你最近手上沒有大案件，今天也沒有會議要開。」

「……知道得那麼詳細，那你還打來詢問我不是多此一舉嗎？反正你都調查清楚了。」

「也許你有私人約會。」林鋒的回答永遠如此穩重淡然，彷彿對於一切事情都勝券在握。

白樺裝模作樣地嘆了口氣，道：「我該慶幸你沒有連我的私生活也一併調查嗎？」

「你還不值得我如此慎重對待。」雖然看不到林鋒的模樣，白樺卻能想像對方說這句話時那睥睨一切的神情。

白樺輕笑道：「我不相信你只是單純想要約我吃飯，但我也不介意花點時間出來陪你玩玩。只是你再說出一些激怒我的話，說不定我便會改變主意喔！」

「……中午想到哪裡吃？」

聽到林鋒生硬地轉移話題，白樺並沒有想要放過他，惡劣地笑道：「到你家吧！」

「……」

「有什麼問題嗎？難道你家裡有什麼不方便？」白樺的詢問看似隨意，但無一不帶著試探。

「是不方便沒錯。我不擅長煮飯。」

「……」這個答案令白樺感到有點驚訝，而且林鋒會考慮這方面的事情倒是意外地可愛。白樺聞言後不禁愣了愣，過了一會兒才反應過來，道：「沒關係，我會煮。」

很順口地脫口而出後，白樺這才驚覺自己說了什麼。瞬間覺得自己這麼做也太吃虧了，連忙補充道：「當然材料費你出，而且你要幫忙當助手。」

這回愣住的人換成林鋒。他不明白本來只是利用吃飯把人拖住的簡單任務，爲什麼聊了數句後，難度便登登登地直線上升？

電話另一端的白警官沒有理會林鋒的內心小糾結，逕自開始爲午飯打算起來，道：「西餐比較容易弄，肉醬義大利麵與煎牛排你覺得怎樣？記得早點來接我，我們一起去買食材……」

林鋒現在已經開始後悔約了白樺，他覺得這個比狐狸還要狡猾的傢伙，絕對是感覺到他的不情願，才忽然變得這麼熱情難纏！

□

林鋒邀約白樺的同時，安然也與陳清聯絡上。

安然本以爲憑著陳清先前對自己的熱度，邀約對方應該不難。但他卻忘了記者也是人，也是有假期的。

當安然聽到對方那明顯還沒睡醒的聲音，以及劈頭便是一句：「誰啊？放假一大早打電話來擾人清夢！」的怒吼時，安然對於能否把人成功約出來，變得不大有自信了。

在安然被對方的起床氣嚇到之際，陳清已厲聲威脅道：「再不說話我掛電話了！」

安然慌忙應道：「別！是我，安然。」

聽到電話另一端是安然，陳清原本凶狠得如同下山猛虎般的咆哮聲頓時一轉，變回了安然熟悉的正常語調，爽朗俐落地道：「喔！是你啊！那麼早打來吵醒我，是不是有什麼獨家資料要告訴我啊？」

「……是的，陳記者今天方便嗎？」安然心想，我敢回答不是嗎？剛剛的獅子吼眞的太可怕了！

陳清滿意地點了點頭，道：「反正快到午飯時間，我們約出來吃個飯吧！」

安然心裡吐槽：妳也知道快到午飯時間了啊？剛剛到底是誰罵我「一大早打電話來擾人清夢」呀？

當然這些話他也只敢在心裡想想，可不敢說出口，道：「好的，我們約在這裡見面好嗎？」說罷，安然道出一家餐廳的地址。

聽到安然相約的地點就在李永榮家附近，陳清整個人立刻清醒過來，記者之魂亢奮地熊熊燃燒。

吃飯時，安然並沒有讓陳清失望，向她坦白的事情，其精彩與複雜程度更是超出了陳清的意料。聽過安然的敘述後，陳清整個人呆若木雞，一時間不知道該給予什麼反應。

「陳記者，妳還好嗎？」

陳清扶著額頭，道：「這資訊量有點大，內容有些匪夷所思，你先讓我整理一下。」

安然「喔」了一聲，乖乖轉戰眼前的午飯。

原本安然對於把一直隱瞞著的事情和盤托出還有點忐忑不安，不過現在看到陳清震驚的模樣，不知爲何反倒平靜了下來。

陳清看著眼前專心吃著午飯的青年，不知該不該相信他的話。這些神神怪怪的事情實在過於匪夷所思，但偏偏正是這種鬼話連篇的說詞，才能夠完美解釋安然爲什麼預先在李永榮還未步出馬路時做出反應，以及安然在演奏會時所表現出來的異常。

過了好一會兒，陳清打破沉默，出言詢問：「所以說，打從一開始你便看到叮鈴的鬼魂跟著李永榮？」

安然點了點頭。

陳清有點不爽地皺起眉，道：「所以我們第一次見面時，你看到照片的反應都是裝的？」

安然解釋：「不，我是眞的有點嚇到，我沒想到相機能夠拍下她。只是……」

「只是？」

「只是我不敢說眞話，我怕白警官會誤以爲我與叮鈴的命案有關。」

「警察抓人是講證據的，倒不如說你是怕麻煩所以才裝聾作啞。直到現在逃避不了，才決心要把事情解決掉。」

聽到陳清斬釘截鐵的話，安然不禁在心裡吐槽：妳既然把事情猜得那麼準確，那還問我幹什麼？

「既然陳記者已清楚了解事件，那麼，妳願意與我合作嗎？如果妳願意與我共享情報，以及答應在報導時不洩露我的身分，那麼我下午與李永榮會面時便帶著妳一起去。」

「可是我今天休假啊！我可是排了足足三個月，才有機會在星期天放假的。」陳清一臉爲難地說道。

「……但這個在妳口中難得的星期天假期，妳不也只是用來睡覺而已嗎？」說到底，星期幾放假對陳清來說根本沒有關係啊！反正她也只是宅在家裡睡覺而已吧？

陳清嘆了口氣：「像你這種有固定工作時間的人，是不會明白輪休工作者的辛酸的。」

這份工作不是妳自己選的嗎？要是那麼羨慕我，就去找份文職工作好了！而且這句話怎麼感覺如此熟悉!?

安然想了想，這才想起不久前說要等星期天才找陳清商議時，他便曾用類似的內容向林俊抱怨……

看著陳清眼中狡猾的笑意，安然知道對方根本是故意裝可憐來為難他，說不定還想看看能否獲得多些好處。

如果是那些涉世未深的年輕人，說不定眞的會被陳清牽著鼻子走。但安然年紀雖輕，卻早有社會工作的經驗，加上他因年紀小、學歷又不高，剛出社會工作時沒少碰壁過，以致他雖不算聰明，但對於陳清這種小心思倒是清楚得很。

安然抹了抹嘴角，一臉遺憾地說道：「既然陳記者今天沒空，那我只好獨自去找李永榮了。」

想不到安然竟然求也不求，一聽到她說沒空便乾脆表示要丟下她不理。陳清心裡不爽之餘，也有點著急了，只得自行退一步，道：「好啦!反正我都出來了，就陪你一下吧!免得你一個人面對李永榮那麼可憐。我告訴你，據我所知，李永榮這段時間都像吃了火藥，脾氣很不好喔，一點小事就能輕易把他刺激得怒氣沖天。」

安然也很識趣，沒有多加爲難陳清，反倒一臉驚喜地道謝道：「那就太謝謝陳記者了！我會努力爲妳多挖掘一些有用的情報！」

陳清突然對眼前的青年刮目相看起來。她曾調查過安然，知道對方只有二十歲。這種年紀的男生一般都很要面子，但這孩子卻能屈能伸，須強硬時很決斷，得逞時也沒有得意忘形，而是給足別人台階下。

想起前兩次見面，第一次安然表現出來的，就是個被靈異照片嚇到的老實人；第二次則是乖巧地躲在林俊身後，光芒全被林俊掩蓋了，以致陳清素來引以爲傲的火眼金睛，竟連續兩次看漏了眼。

這麼看來，安然這人雖然老實，但也不是不知變通的人，還深懂小人物的生存之道。而且那鄰家弟弟般的氣質讓人輕易卸下心房，看起來不像個扯後腿的……

認同了安然作爲此次行動的搭檔，陳清很上道地向安然釋出善意，主動交代了李永榮的情報，道：「雖然叮鈴與李永榮看起來除了曾合作過一齣電影，兩人並沒有什麼交集，但李永榮好色，他負責的電影捧紅了不少新人……」

「叮鈴也是其中之一嗎？」陳清既然特別提及李永榮是好色之徒，安然絕不會天眞地認爲這些被他捧紅的女星，全都是單純憑實力上位，她們大概是出賣肉體來換取拍電影的機會吧？

「應該八九不離十。而且有小道消息，聽說叮鈴在電影結束後還糾纏著李永榮不放，兩人鬧得很不愉快。不然當初我也不會去跟蹤李永榮了，畢竟李永榮偷吃也不是什麼新鮮的話題。那時候李永榮剛與另一名小女星好上，若叮鈴見狀，一言不合地與李永榮他們大打出手，絕對是一個吸人目光的娛樂頭條呢！」

安然聞言打了個冷顫。

記者什麼的果眞好恐怖……

不過想到現在這位可怕的記者大人站在他這一邊，安然便覺得特有安全感。

「所以，李永榮其實有殺人動機囉，想徹底擺脫叮鈴之類。」安然想了想補充道：「還有那個小女星，以及李永榮的妻子也有殺人的動機。」

「李永榮的妻子可以排除。她這幾年一直在國外生活，聽說包養了幾個小白臉，與李永榮可謂各自精彩呢。她在李永榮這任之前已離過兩次婚，這是她的第三段婚姻。作爲一個已經四十多歲、土生土長的中國女性，她離開中國後的生活方式倒是挺前衛的。」

「……」本來還滿同情那位太太的安然，聞言已不知該說什麼才好了。

成年人的未知世界眞的好複雜啊！

異眼房東の日常生活

第八章・公園命案

就在安然與陳清討論李永榮的事情之際，林鋒與白樺下小巴後，便提著食材緩步往屋苑走去。

白樺對於林鋒竟然帶他坐小巴一事充滿著怨念，道：「買了那麼多東西，你怎麼不開車來接我？」

走在前頭的林鋒，頭也不回地回答道：「阿俊上學時開出去了。」

「林家還缺車嗎？你別告訴我你們只有那麼一輛。」

其實白樺也不是身嬌肉貴、受不了坐公共交通工具，只是氣不過林家明明就不缺車，林鋒卻偏偏帶他去坐小巴。

這傢伙是故意的吧!?

就在白樺充滿怨念地暗罵林鋒之際，不遠處傳來一陣淒厲慘叫！

林鋒與白樺對望一眼，立即往慘叫聲傳出的方向跑去。

兩人奔跑的短短路程中，還不間斷地繼續傳來充滿驚恐的尖叫聲與哭泣聲。聽到其中還有小孩子的聲音，兩人的神情變得愈發嚴肅冷峻，奔跑的步伐更是加快幾分。

驚叫聲來自屋苑附近的公園，首先映入兩人眼簾的是一群圍觀民眾的背影，隨即才是人群包圍的一地鮮紅，以及躺臥在血泊中的死者。

死者是個年紀很小的孩子，看起來還沒上幼稚園。孩子的旁邊是個可供兩人玩耍的鞦韆，不知道是螺絲鬆掉還是其他原因，只見鞦韆架的一支鐵棍斷掉，其中一截正好插入孩子頭部，貫穿整個頭顱……

在場圍觀者大多是婦孺，有些人嚇得離屍體遠遠的，有些比較大膽的雖然圍在死者旁看熱鬧，卻也不敢隨意觸碰屍體，因此案發現場仍保留得相當完整。

雖然一看便知這個倒楣的孩子已經死透，但白樺還是上前探了一下對方的脈搏。

林鋒則主動接過白樺手中的食材，安撫受驚嚇的婦孺並打電話報警。在林鋒那身霸道凶悍的氣勢下，倒眞有幾名孩子被他嚇得止住了哭聲。

確定孩子已死後，白樺嘆了口氣，取出證件並環視四周，道：「各位別怕，我是警察，這件事我們會處理的。這裡有人認識死者嗎？」

一個菲律賓女傭畏縮地上前，用不標準的廣東話夾雜一點英語，解釋她是負責照顧死者的傭人，並向白樺形容案發當時的情況。旁觀的目擊者也證實這只是一起可悲的意外，鞦韆的支架突然鬆脫，擊中在旁玩耍的孩子，並不存在任何人為的因素。

警察很快便到場，白樺向同僚簡略交代案情後，心情略顯沉重地與林鋒離去。

「想不到會發生這種事。」白樺嘆息道。雖然他的行業，看到屍體的機會著實不少，但孩子的死亡還是讓人感到格外心酸。

林鋒有點意外地看著白樺低落的神情。這個人與自己鬥智鬥力時，一直表現出與文雅俊秀的外表不相符的強硬，想不到還能看到他露出這種脆弱神情的時候。

不知為何，林鋒並不喜歡白樺臉上的憂鬱神色。有意轉移白樺的注意力，他問：「到家裡放下食材後，我們到外面吃吧。想吃什麼？」

白樺訝異地睜大雙眼，道：「不是說好吃牛排和肉醬義大利麵嗎？材料都買好了。」

林鋒回以同樣訝異的神情，道：「你還吃得下這些？」說罷，不禁將視線移向白樺的手，對方修長的手指還殘留著抹不淨的暗紅。

想不到這個人才剛觸摸過屍體，弄得滿手鮮血，依然堅持要吃義大利麵啊……

林鋒覺得剛剛看到白樺的軟弱一定是幻覺，這個人到底有多粗線條才能夠在目擊花花白白的腦漿後，看到肉醬還不會吐啊？

白樺順著林鋒的視線看了看自己的手，才發覺林鋒心裡的顧忌，訕笑道：「這有什麼，我家法醫忙起來的時候，還經常對著屍體吃便當呢！」

「……可以帶便當進去嗎？」

「當然不可以。但繁忙時期因爲紀律處分將他停職查辦，那豈不是便宜了他？而且若是停職，那些屍體誰來解剖？所以我就睜一隻眼、閉一隻眼了。」

一點兒也沒有身爲上司的自覺，理所當然地說著縱容下屬違規行爲的白樺，倏地停下腳步，回首看著案發現場，一臉疑惑。

「怎麼了？」林鋒問。

環視公園一周後，白樺搖了搖頭，道：「剛剛我聽到了拍皮球的聲音……不，應該是我聽錯了。」

□

此時的安然，正與陳清來到李永榮家門前。

想到上次見面，李永榮把安然視爲洪水猛獸般避之則吉的模樣，兩人商議過後，決定直接來對方家門前堵人！

根據陳清的可靠情報，李永榮下午約了朋友會面，兩人便決定在對方家門前來個守株待兔。

聽到陳清的情報後，安然除了感慨把人拉至同一陣線的決定實在太英明外，還暗暗心驚狗仔隊情報網的無孔不入，簡直堪比私家偵探了！

他們此刻所躲藏的位置，正是上次陳清偷拍李永榮時的地點。不只位置隱蔽，站在這裡還能夠清楚看到別墅內的動靜。

雖然從李永榮下午約會的時間，大約可猜測他什麼時候出門。但爲免與對方失之交臂，兩人還是在午飯後便早早前來守候。

陳清早已習慣這種生活，有時這樣一待便是一整天。對於身爲記者的陳清來說，這樣的等待根本不算什麼。

倒是安然的表現讓她有點意外，只見安然呆等了半小時後，仍然神情專注地注視著別墅大門，沒有表現出不耐煩、也沒開小差，這種沉穩的態度讓她刮目相看。

「不錯不錯，想不到你滿有耐性的。」

陳清的表揚讓安然受寵若驚，略帶羞澀地說道：「我知道自己不算聰明，也沒什麼特別的長處，對於這種事又沒有經驗……唯一能夠做到的，就只是努力不扯後腿吧！」

陳清眼中閃過一絲讚賞，還想再誇讚安然幾句，便見剛剛還揚言不會扯後腿的安然突然衝出去，直接跑到別墅大門前。

目瞪口呆地看著安然暴露了自身位置，陳清嘆了口氣，也尾隨著跑到別墅的大門前。

「你怎麼……」陳清對於安然莫名其妙的舉動充滿怨念，語氣自然好不到哪裡，卻在看到安然難看的臉色後愣了愣，把接下來的質問吞回肚子裡。

只見安然抬頭看著別墅的樓梯，一臉嚴肅地說道：「出事了。」

李永榮居住的這座別墅分爲上下兩層，樓梯處有一整排玻璃，即使在外面，也能看見樓梯裡的情況，是這座獨立式別墅的一大特色。

陳清順著安然的視線，從落地的玻璃窗看進去，並沒有看到樓梯有任何異狀。然而在安然眼中，看到的卻是另一番景象。

一個長相娟秀的女子，正緩步從樓梯往二樓走去，詭異的是這個女人無論是膚色還是衣服，都像脫了色般透出奇異的灰白，讓安然產生一種正在看黑白電視的錯覺。女子雖然如常人般一步一步地前進，仔細一看，卻發現長裙裙襬下什麼也沒有，整個人凌空數寸地飄浮著。

最令安然心裡警鈴大作的，便是這個灰白色的女子正是叮鈴！

雖然不知道叮鈴的現身代表什麼，但安然卻有預感不會是好事。

在插不插手這件事情之間掙扎了兩秒，安然還是決定順著自己的心意而活。反正他已經得罪叮鈴了，也不差再多妨礙一次。畢竟自己已站在李永榮的家門前，總不好什麼都不做，眼睜睜看著對方遇險。

懷著破罐子破摔的心態，安然伸手按下別墅門鈴。想不到隨著他動作而來的不是清脆的門鈴聲，而是「砰」的一聲爆炸！

安然完全不知道發生什麼事情，只覺得一股衝力把他整個人擊飛出去，下意識護住頭部是他唯一能夠做的反應。

狠狠摔在地面，安然只覺得渾身幾乎快散了，身上無處不痛，耳邊不停響起耳鳴的聲音，竟是剛剛的爆炸聲而致！

呆看著炸飛的大門兩秒，安然這才反應過來，慌忙四處尋找陳清的身影。

只見同樣被彈飛的陳清在不遠處搖搖晃晃地站起，安然的聽覺逐漸恢復過來後，耳邊傳來陳清罵咧咧的呼痛聲。

確認陳清沒有大礙後，安然這才把視線再度投放在別墅上。此刻大量濃煙從大門及窗戶冒出，灰黑的濃煙中還能看見裡面傳出的火光。

「應該是瓦斯外洩。」陳清被炸飛時不幸扭傷右腳，現在走路只得一拐一拐的。倒是安然的運氣不錯，雖然離大門比較近，卻只有些小擦傷與瘀傷。

安然在大門位置探頭往裡面看了看，只見煙霧雖然濃烈，但火勢並沒有想像中猛烈，只集中在廚房位置。然而爆炸至今都不見李永榮下來，要是任由火勢繼續蔓延，說不定再過一段時間，這位名導演便會變成香噴噴的烤肉了。

「陳記者妳報警吧！我上去看看。」安然衡量過火勢，估計沒有太大的危險後，還是決定進去看看。雖然正在樓梯那邊的叮鈴鬼魂讓安然心裡有點發毛，但什麼都不做、任由李永榮變成烤肉，他又於心不忍。

畢竟這麼小的火勢，他要是還見死不救實在有點說不過去。

心裡爲自己打氣，安然用外套蓋著口鼻便往火場衝去。

火勢依然只限於廚房裡，安然不禁在心裡感慨豪宅的建料就是好，竟然這麼耐火耐熱。

雖然濃煙與爆炸造成的障礙物爲安然造成一點小麻煩，但摸索著前進的他，還是很快地察看了一遍，在找不到李永榮的身影後，便走向通往上層的樓梯。

就在安然準備踏上樓梯之際，突然心生警覺地停下步伐。

他也說不出爲什麼，明明前面的道路暢通無阻，可是他卻忽然覺得這條路是不能通過的，甚至還緊張得渾身僵直，彷彿眼前的樓梯是怪物正張開著的血盆大口。

雖然已走到這裡，再回頭實在不甘心。但安然並沒有打算拿自己的性命冒險，他不介意在能力範圍內幫助別人，但這是在不會損及自身利益的前提下。

心臟強烈的跳動聲清晰可聞，安然緩緩往後退了回去，理智地沒有選擇繼續硬著頭皮前進。

然而他才剛退後數步，便驚見濃煙下出現一雙雙灰白色的腿！

因爲濃煙的遮掩，安然只能看到膝蓋以下的位置。這十多雙腿都沒有穿鞋子，赤腳在地面上走動。它們全都瘦削得厲害，皮膚透露著死亡的灰白色調，咚咚咚咚地散亂跑動著。

安然不知道這些灰白的腳代表什麼，它們看起來就像很多人在這場火災中受到驚嚇而倉皇逃生。然而看著這種可怕的灰白膚色，安然不認爲這些是屬於活人的腿。

眼前場景並不如先前在炸屍案中所見般血腥，卻比血色四濺的場面更加讓人心生寒意。

不知哪來的勇氣，安然雙臂往旁一揮，觸碰到的卻只有空氣。甚至他還在被揮動得散開的煙霧空隙中，看到四周根本什麼也沒有！

也就是說，安然身邊根本沒有任何人，但是煙霧下卻露出一雙雙灰白的腿……

雖然身處悶熱的火場中，安然卻只感覺到徹骨的寒意。

看著四周圍著他亂跑的數雙腿，安然進退不得，完全不知道該怎麼辦才好。

就在安然想著不管不顧、欲退回去之際，樓上突然傳來李永榮的呼救聲：「救命！」

安然抬頭一看，正好看見李永榮跌跌撞撞地往下跑，然而慌亂間，男子卻一腳踏空，肥胖的身體從上方直往安然身上砸去！

安然當場傻眼，想要避開，不過樓梯空間有限，根本避無可避。被李永榮撞個正著的安然，整個人滾落下樓。

摔下樓梯的瞬間，安然最後看到的是叮鈴靜靜站在樓梯上，默默看著他們摔下去的情景。隨之而來的便是猛烈劇痛，安然眼前一黑，失去了意識。

□

就在安然衝進火場之際，林鋒正與白樺在家裡共進午餐。

白樺最先從廚房端出的是義大利麵，不知道有意還是無意，這一盤義大利麵的肉醬與麵的比例嚴重失衡，肉醬比麵足足多了三分之一，一看便讓林鋒忍不住回想起剛剛目睹屍體時的血腥場面。

如果說林鋒在看到這盤「血淋淋」的義大利麵時還能處之泰然，那麼，當白樺微笑著將心形牛排放在桌面時，林鋒冷靜孤傲的神情終於出現了裂痕。

欣賞著林鋒臉上難得的鬱悶神色，白樺眼中閃過戲謔的笑意，轉身想要返回廚房取餐具時，才發現不知何時需要的餐具與調味料已整整齊齊地放在餐桌上。

白樺有點意外地挑了挑眉，想不到這個看起來霸道又冷酷的男人，竟然也有這麼居家的一面……

露出溫潤有禮的笑容，白樺笑道：「請嚐嚐我的手藝吧！希望合你口味。」

林鋒在白樺對面坐下，沉默半晌，還是忍不住詢問：「這義大利麵……」

白樺微笑道：「肉醬不小心買多了。」

「那這牛排……」

「喔，你到貨架拿義大利麵時，我正好看到這些牛排特價，價錢比普通牛排還要便宜，便把先前的拿起來，換了這些比較便宜的。有什麼不對嗎？」說罷，白樺適時露出了疑惑的神情，肚子裡卻快要笑翻了。

林鋒認真糾結的反應好有趣！而且冷酷的表情與青澀尷尬的反應意外地有反差萌，讓人更想欺侮他了，怎麼辦？

「……沒什麼。」白樺一番話很合理，而且語氣中的真摯，以及恰到好處表達出來的疑惑表情也無懈可擊，因此林鋒最終只能歸咎於是自己想多了。

就在林鋒努力無視著「血淋淋」肉醬所帶來的噁心感，以及兩個大男人一起吃心形牛排的詭異感覺，在做好心理建設後正要品嚐白樺的手藝時，卻傳來一陣陌生的手機鈴聲。

白樺取出手機，看了一眼螢幕上的來電顯示後挑了挑眉，隨即似笑非笑地看了林鋒一眼。

白樺並沒有避開林鋒，因此林鋒很清楚地看到對方手機螢幕上閃動的人名——

陳清。

白樺甚至沒有走開，就這樣在林鋒面前按下接聽鍵。

「喂，學姊？」白樺臉上的笑容隨著電話那端說的話逐漸消失，變得凝重起來。

通話完畢後，白樺一臉嚴肅地說道：「他們出事了。」

不待林鋒詢問，白樺已接著把事情交代清楚，道：「李永榮家發生火災，安然衝入火場救人。我現在要立即趕過去，你要一起來嗎？」

林鋒聞言，心裡一緊，可是依著不讓敵人察覺到自己弱點的習慣，男子臉上依舊不動聲色地淡然冷靜道：「我跟你一起去。」

異眼房東の日常生活

第九章・坦白

安然恢復意識時，發現自己已離開煙霧瀰漫的火場，躺在醫院潔白的病床上。

他按住陣陣抽痛的頭顱，呆呆看著待在病床邊的陳清匆忙按下呼叫鈴；有點呆滯的大腦過了好一會兒才反應過來，腦海中回憶起昏迷前見到的景象，正是李永榮失足從樓梯滾下的情景，道：「陳記者，李永榮他……」

陳清按住安然的肩膀，安撫道：「你先讓醫生好好檢查一下，這些事情我們一會兒再說。」

陳清眼中的凝重讓安然不由自主地點點頭，略微激動的情緒也逐漸平復。

很快地，穿著白袍的醫生來了。尾隨在他身後的還有數人，其中兩人正是林鋒與白樺！

「鋒哥？你怎麼來了？」

「先讓醫生檢查後再說。」林鋒皺起眉頭道。他本身已有一身霸氣外露的強大氣場，現在更是黑著臉明顯一副心情不好的模樣。安然見狀立即噤若寒蟬，乖乖任由醫生檢查。

醫生檢查後證實安然沒有大礙，身上都只是皮肉傷。但因曾撞到頭部導致昏迷，保險起見還是得留院觀察一天。

當醫生與協助檢查的護士離開後，現場留下來的有陳清、林鋒、白樺，以及一名安然不認識的男子。

安然看看這個、又看看那個，沉重的氣氛讓他不禁有點忐忑不安。

白樺上前向安然微笑道：「安先生你好，你還記得我嗎？」

「當然記得，白警官。」基本上安然覺得這個世上沒有人在見過面以後，能夠忘記眼前這個男人。只因他無論是長相還是一身溫潤的氣質，都實在太出色了。

白樺容貌俊美，眼角的淚痣讓他看起來更加明艷動人。安然每次與他說話，視線都會不由自主先落在這顆小小的藍痣上，隨即便陷入對方深邃的眼眸裡。

這傢伙的長相，即使當明星也沒問題啊！

並不知道安然正在心裡評價著他那過於出色的容貌，白樺說出了一個不幸的消息，道：「李永榮已經死了。」

安然聞言睜大雙眼，隨即看向一旁的陳清。

陳清嘆了口氣，道：「你衝進別墅後過了好一陣子都沒有出來，我便進去找你。結果看到你和李永榮動也不動地躺在地上，我立即把你們拖出屋外。李永榮折了脖子當場死亡，你則是撞到頭部昏迷不醒。」

「這樣啊……」雖然對李永榮這個人沒有什麼好印象，但聽到一條生命就這樣消逝了，安然心裡還是有點難過。

心情低落的安然突然想起什麼，道：「對了！妳的腳怎樣？」

說罷，安然探頭看去，只見陳清一隻腳仍穿著鞋子，但另一隻扭傷的腳卻用繃帶包紮固定，並換上了較方便活動的拖鞋。

陳清俏皮地眨了眨眼睛，道：「你終於想起我的傷勢啦？虧我當時忍著傷痛衝進火場把你拖出來，結果你剛醒來便只顧著關心李永榮，眞是傷心死我了。」

安然一臉不好意思地訥訥說道：「抱歉，因爲昏迷時看著李永榮從樓梯摔下來，所以……」

白樺與他身旁的男子交換了個眼神，隨即這名陌生男子上前道：「安先生你好，我是負責調查李永榮一案的警察顧東明，我們想要了解一下有關別墅的火災，以及李永榮死亡的詳情，請問你有時間錄一份口供嗎？」隨即男子便取出他的警察證給安然過目。

於是安然把事情敘述一遍，因爲先前沒有與陳清商議過，爲免多說多錯，安然只得把事件盡量簡化，希望對方不會追問。

可惜身爲警隊菁英的顧東明，很快便察覺到安然這番話有太多不盡不實之處。而安然心虛的眼神，也說明他在這番敘述中故意隱瞞著什麼。

於是顧東明開始追問，道：「你爲什麼會到李永榮的別墅？」

安然看向陳清，只見女子正偷偷向他打著眼色。很可惜兩人完全沒有心有靈犀的默契，安然根本無法從女子擠眉弄眼的表情中，探索出她到底想表達什麼。

最終他只得硬著頭皮胡扯道：「嗯……我是去找李永榮道歉的，不知道顧警官知不知道先前演奏會的事？當時因爲我認錯人，結果爲對方惹來不少麻煩。看到報紙的負面評論後覺得過意不去，我便去找他表示歉意……」

「那爲什麼會與陳清一起？我記得那篇報導是陳記者寫的，難道你們一起去找李永榮道歉嗎？」

安然想應「是」，可是立即便想到哪會有記者主動找受害者道歉？顧東明根本是故意設一個坑讓他跳。想到這裡，安然立即改口道：「陳記者正在追訪李永榮，我們是偶然遇上的。」

安然這句話一出，林鋒依舊在旁放著殺氣不說話，白樺與顧東明則是露出了似笑非笑的神情。至於陳清，卻是大大地嘆了口氣。

看到兩名警察及陳清的表情，安然不禁苦笑起來，似乎他們倆的口供果然對不上。

此時一直不說話、也不知到底在氣什麼的林鋒倏地開口說道：「安然，你直接說實話好了。李永榮的死因是失足致死，你只是好心衝進屋內救人，最終受到他的牽連而摔倒在地、昏迷了。這些全都是顯而易見的事實，你既然沒有殺人，那誰也無法冤枉你是凶手。」

說到最後一句話時，林鋒銳利的眼神帶有警告地看向白樺與顧東明，簡直帥到掉渣！

林鋒霸道又堅定的態度彷彿一劑強心針，讓安然覺得只要自己是無辜的，那麼林鋒一定有能力保護他，絕不會讓他被別人欺負！

「其實一切要從某天，我路過李永榮居住的別墅時說起……」

在林鋒的鼓勵下，安然鼓起勇氣把事件始末毫無保留地向顧東明交代清楚。包括他怎樣發現差點害死李永榮的抓交替女鬼，正是剛去世的藝人叮鈴；包括在演奏會看到叮鈴的鬼魂口吐鮮血；也包括站在別墅門前堵人時，驚見叮鈴在別墅的樓梯走動，以及在李永榮跌下樓梯時，看到她出現在對方身後……

顧東明聽得直皺眉，過程中，男子多次想出言打斷安然這個比「聊齋」還要精彩的故事，可是看到身旁的白樺正聽得入神，只好任由對方說下去。

不清楚白樺眞面目的人絕不會想到，這個看似脾氣很好的人一旦生起氣來，就是惡魔也要退避三舍。而很不幸地，打斷白樺聽故事的興致，就是其中一項能激怒他的事。

雖然對於安然的話，顧東明是一個字也不相信，可是既然頭兒愛聽，他就當花點時間聽個免費故事好了。

對於叮鈴事情所知甚詳的林鋒與陳清，也是首次聽到安然說及火場的經歷，聽得非常認眞。

當陳清聽安然說到火場裡又是看到叮鈴的鬼魂，又是一堆亂跑的灰白色腳時，不禁心有餘悸地拍了拍胸口，道：「幸好我進去的時候什麼也沒看到。」

顧東明以不可思議的眼神看向陳清，問：「妳這麼輕易便相信他的話？」

陳清聳了聳肩，道：「不然呢？我親眼看到李永榮正要衝出馬路時，安然彷彿有預知能力般衝上前救了對方。我甚至還拍下鬼魂的模樣，那些照片白樺也看過。我所看見的事，與安然所說的經歷完全對得起來。何況說這種沒有人會相信的謊言，對安然有什麼好處？叮鈴生前根本不認識安然，她出事那天，安然也有充分的不在場證明。至於李永榮這一次，安然也只是見義勇爲地衝進火場救人，我還要建議政府頒個好市民獎給他呢！」

顧東明其實也覺得陳清說的話有理，可是安然的說辭實在太過匪夷所思了，讓他難以置信。

白樺倒是沒有如顧東明般一開始便質疑安然的話，反而在專心聽過安然的敘述後，詢問了聽起來與事件完全沒有關聯的問題：「你說叮鈴的鬼魂曾在你家出現，你能夠說詳細一點，形容一下當時的情況嗎？」

雖然對於白樺的詢問感到莫名其妙，但安然仍很合作地把事情詳細敘述一遍。

白樺聽得很專注，甚至還問了安然一些問題，引導他回憶得更加仔細，道：

「你洗臉後想拿毛巾把臉上的水抹乾，便發現叮鈴的鬼魂出現在你身後，而且她的手正按在毛巾上？」

安然點了點頭，並大致描述了兩人當時的姿勢。

「那是一條怎樣的毛巾？」

其實安然對那條毛巾已經沒什麼印象了，不過看白樺問得認眞，彷彿這是個很重要的問題，因此安然還是努力地回想那條毛巾到底有什麼特別。他道：「家裡洗臉用的毛巾都是私人的，我們不會混在一起使用。我現在用的毛巾是父親留下來的，他有個在飯店工作的朋友，偶爾會拿到一些免費的毛巾、浴袍。」

「你記得是哪間飯店嗎？」

安然點點頭，說出飯店的名字。

白樺道了聲謝，溫和地告訴安然好好休息後，便與顧東明一起告辭了。

兩人離開病房後，顧東明便忍不住詢問：「頭兒，你相信他所說的話嗎？」

「你呢？你相信嗎？」白樺反問。

「我本來是不相信的。不過……眞的想要騙過我們的話，他不可能說這種天馬行空的謊言。後來愈聽下去，愈覺得他說的話有條有理，而且如同林鋒所說，安然根本沒有謀害李永榮與叮鈴的動機，我想不到他有說謊的必要。聽過他的描述，我有種這個鬼話連篇的故事才是眞相的感覺。」

看到顧東明糾結的神情，白樺不由得輕笑出聲，道：「既然如此，那便遵從你的感覺來調查吧！說不定會成爲不得了的線索。」

「頭兒是指……安然說的那間飯店？」當時白樺特別對那條浴室中的毛巾表示關注，顧東明便猜到那或許是某個關鍵。

白樺頷首道：「如果安然沒有說謊，叮鈴的鬼魂也確實存在，那她出現在安然家裡是爲了什麼？安然認爲對方在警告他多管閒事，也許眞的有這個因素在內，但不覺得叮鈴故意伸手按住毛巾的舉動有點奇怪嗎？」

頓了頓，白樺續道：「我並不認爲鬼魂如同電影所形容般萬能，要是鬼魂眞的能夠隨心所欲地報仇，世上就不需要我們這些警察了。同理，叮鈴的鬼魂也許眞的有點能力，但說到底也只是一抹大家看不見的幽魂。試想，如果叮鈴的死因可疑，而她又發現安然能夠看見她的存在……」

身爲警隊菁英，顧東明瞬間抓住問題重點，道：「她想經由安然，讓自己的死因眞相大白？」

白樺微微一笑，道：「我不排除這個可能性。至於這個猜測是否正確，就須要由我們來查證了。」

□

在白樺與顧東明討論著安然口供的同時，安然三人也以此爲話題商議著。

「鋒哥，你覺得他們相信我的話嗎？」

不同於安然的忐忑，林鋒淡定地說道：「顧東明怎麼樣我不知道，但既然白樺那麼認眞地詢問你細節，至少他應該是相信你的。」

與安然算是同伴的陳清，立即表示自己的立場，道：「安然你放心，雖然在別墅中我什麼都沒有看見，但我也是相信你的！」

「呃……謝謝！」雖然陳清的信任對事情完全沒有幫助，但聽到有人相信自己，安然還是覺得很高興。再加上想到陳清是忍著傷痛衝進火場把他拖出來的救命恩人，安然立即鄭重地向女子表示謝意，道：「很感謝妳的信任，也謝謝妳救了我。」

安然眞誠無比的道謝，讓陳清愣了愣，隨即笑道：「安然，你眞是個老實又認眞的孩子。」

安然如此鄭重道謝的模樣意外地可愛，要不是他頭上有傷，陳清差點忍不住要伸手揉揉他的頭髮。

如果她有這麼乖巧的弟弟就好了！

這麼想著的陳清，不經意地看到林鋒望著安然的眼神竟是意外柔和，充滿欣賞與信任。

陳清仍然記得她在醫院看見林鋒時的情況，這個男子伴隨在白樺身旁趕了過來。難得有人站在白樺身旁，無論氣勢還是容貌都能夠毫不遜色，陳清當時一看到來人，便立即認出對方是與自己有過一面之緣的林鋒。

之前聽過白樺對林鋒的形容後，陳清一直認爲對方之所以租住在安然的房子，背後必定有著不可告人的陰謀。這次與安然也算是生死與共，陳清本來還考慮是否該找個機會提醒安然。可是現在看起來，林鋒似乎對於安然並不只是單純地利用，其中也存有眞感情。

安然雖然看起來普普通通的沒什麼特別，但他待人眞誠、處事認眞，總會讓人不由自主地想幫助他。

也許對林鋒這種人來說，會不期然被安然這種老老實實、像個鄰家弟弟般的氣質吸引吧？畢竟在這個互相算計的社會裡，這實在是種很難能可貴的特質。

安然看起來也很信任林鋒，在向陳清道謝後，他便詢問林鋒接下來該怎麼辦，一副以對方馬首是瞻的模樣。這讓陳清想要偷偷找機會警告他一番的心思暫時壓了下來，她可不希望一番好心，最終被安然誤以爲是用來離間他與林鋒感情的多管閒事。

還是先看看再說吧？要是這個林鋒有什麼陰謀，相信木頭也不會坐視不管。

聽見安然的求助，林鋒很乾脆地讓他選擇置身事外，道：「該坦白的你也已經坦白了，接下來怎麼調查是警方的事情。」

安然釋懷地鬆了口氣，把身子陷進柔軟的床鋪裡，道：「這次的事情總算結束了吧？」

雖然這麼想有點不厚道，但李永榮的死亡，間接讓安然感到鬆了口氣。他有預感，叮鈴的鬼魂不會再出現了。

「結束嗎……如果白樺不再找你麻煩的話。」林鋒淡然提醒。

看著瞬間苦起了臉的安然，陳清安慰道：「雖然我看不見叮鈴，但我相信你說的話是眞的。白樺與我的交情不錯，也比較願意聽我這個學姊的話，如果他眞的找你麻煩，我會想辦法阻止的。」

安然感激地說道：「眞的太感謝了，陳記者妳眞是個好人！」感謝過後，安然好奇地詢問：「先前妳與他們錄口供時，到底是怎樣說的？爲什麼他們一聽便知道我有所隱瞞？」

「他們問我爲什麼會與你一起到李永榮的別墅，我就說你一直很仰慕記者這個行業，很想嘗試一下追蹤名人的感覺，所以我工作時便帶你一起去了。」陳清這番往記者這個行業貼金的話說得理直氣壯，一點兒也沒有不好意思。

安然聞言，一臉無奈道：「妳不覺得這個設定，根本不可能與我說出來的口供對上嗎？」

而且很想嘗試一下跟蹤別人什麼的，感覺很變態耶！

「可是我說出來的感覺很爽啊！反正以白樺的精明，我們即使排練過，他也看得出來。再說，憑我與白樺的關係，無論我再怎樣亂說，他也不會告我妨礙公務，安心啦！」

看安然一臉無言的表情，陳清覺得很好玩，臉上的笑意再加深了幾分，道：「好啦！我就不留下來打擾你休息了。李永榮的死可是大新聞，這次能夠第一時間拍下現場照片，如果不讓它成爲明天的頭條，實在太對不起那麼好的題材。我要回去寫稿子了，要是白樺那邊有新消息我會通知你，再聯絡啦！」

經過數次接觸，安然對於陳清這個英姿颯爽的女強人印象不錯，已把她納入朋友之列。因此這次聽到陳清說再聯絡，安然已沒有先前那般對她避之則吉地敷衍了事，而是笑著點點頭，肯定地回答：「嗯！」

與安然道別後，陳清禮貌地向林鋒點頭，卻在觸及男子冰冷的目光後立即移開，再也不敢直視對方的雙眼。

陳清不禁感慨安然與林鋒差別這麼大的兩個人，怎麼能和諧地住在一起。

安然給人一種脾氣很好、無論怎麼惹他都不會有什麼事的感覺，與他在一起總是很舒服。

林鋒的話……即使對方只是簡簡單單地站著，卻彷彿散發著「我很不好惹」的氣勢。光是個冰冷的眼神，便讓人完全不敢接近他。

到底安然要有多粗線條，才能與那麼可怕的人住在一起？即使這個人長得再帥，也不會有人想靠近耶！

異眼房東の日常生活

第十章・案情

陳清離開後，林鋒也接著告辭，道：「我也要回去了，明天會來接你出院。」

「麻煩鋒哥你了。」安然感激地道謝後，隨即略帶猶豫地詢問：「鋒哥你……你是不是在生氣？」

見男子挑了挑眉沒有說話，可瞬間變得強悍的氣勢，卻有如一把出鞘的利刃般，讓人寒毛直豎，令安然充分感受到他內心的不爽。

本著「先認錯絕對沒錯」的態度，安然立即自我檢討起來，道：「鋒哥，對不起！我沒想過事情會變成這樣，讓你擔心了。在看到叮鈴的鬼魂時，我應該……」

「不，我沒有生你的氣。」安然的自我反省才剛開始，便被林鋒打斷了。

看到安然雖沒有出言反駁，但表情卻很直白地表達著「騙人！我才不相信。」的模樣時，林鋒不禁微微勾起嘴角，頓時一身霸道冷酷的氣息變得柔和起來。

雖然林鋒的表情連微笑也算不上，可是帥哥就是帥哥，這個動作竟讓安然看得心跳漏了一拍，心裡的想法立即不經大腦地脫口而出，道：「鋒哥，你還是繼續散發殺氣比較好。」

至少那時候的林鋒生人勿近，即使長得再帥也沒有妹子敢近身。若現在這種柔和的表情再多出現幾次，那教他這個沒啥特長、長得又不帥的單身光棍怎麼活啊？

本來安然對追求女性已沒什麼天分了，林鋒的存在簡直是嚴重打擊他的自信心啊！

「爲什麼？」

安然才剛發現自己把心裡的話脫口而出，面對林鋒的提問只慌亂地擠出一個答案，道：「因爲我喜歡滿身殺氣的你！」

「……」

現在才驚覺自己到底說了什麼的安然覺得很窘。

安然立即亡羊補牢地申辯道：「呃，我剛剛的話並沒有其他意思。」

林鋒也猜到安然只是口誤，可是對方羞赧無措的模樣很有趣，於是他裝作不解地故意反問：「『其他意思』是指什麼？」

爲免繼續多說多錯，安然只得打著哈哈地把話題引回原本的方向，道：「鋒哥，你眞的沒有生我的氣嗎？」

林鋒一臉淡然地頷首。

安然小心翼翼地追問：「可是……自從我在醫院醒來後，你的心情好像一直很不好？」

「我只是有點懊惱。」看到安然迷茫的表情，林鋒補充道：「是我提議讓你去找李永榮的。」

林鋒的回答讓安然愣住了。良久，他才無法置信地確認道：「所以，鋒哥是因爲我找李永榮後受了傷，覺得是自己的責任，所以生悶氣嗎？」

說完這句話，安然也覺得不可思議，深感簡直在往自己的臉上貼金。

然而林鋒卻在安然受寵若驚的眼神中，用理所當然的神情頷首道：「這次確實是我考慮不周，幸好你最後能化險爲夷。」

雖然當初是林鋒先表態視安然爲兄弟，但其實安然一直對這個人敬畏有餘，卻親近不足。反倒是老與他唱反調的中二病患林俊，與安然的關係更爲親密。

感受到對方的歉意，安然知道林鋒是眞的把他當兄弟，把他的安危放在心上，這才會如此歉疚。

張了張嘴想與林鋒說什麼，但安然一時之間不知道該怎樣表達出自己的安慰與感激，最終只是乾巴巴地說了一句：「不是鋒哥你的責任……」

「你是我要護著的人，我不允許發生什麼意外。」林鋒說這句話的語氣很淡然，然而無論是話裡的內容還是氣勢都非常狂妄，可是安然卻覺得這霸氣得不講理、不可一世的態度才是林鋒的眞性情。應該說，這才像林鋒會說出來的話。

被這樣的人納入羽翼下保護，會是一件讓人安心的事情吧？

□

連番通宵總算完成論文的林俊，已然耗盡精力，這一覺竟然睡到晚上，直至肚子餓了才不情願地爬起。

打著呵欠步出房門，發現家裡漆黑一片，顯然無論是林鋒還是安然都不在家。日夜顛倒的作息讓林俊一時間有種不知日子過到哪的感覺，看到兩人不在家，林俊奇怪地看看日曆，這才想起今天正是星期日，是安然去找李永榮攤牌，以及林鋒拖著白樺吃午餐的日子。

怎麼這麼晚還沒回來？難道事情有變故嗎？

藉著窗外透進來的微弱燈光，以及對家裡布局的熟悉感，林俊在黑暗中輕而易舉地走到開關前把客廳燈打開，餐桌上的東西立即吸引了他的注意。

那是三個用來蓋著食物的罩子，雖然不知道是誰把食物放在這裡，也看不清楚罩子裡到底是什麼食物，但對肚子餓的林俊來說，這些食物實在是出現得太剛好！

現在天氣還算涼爽，食物即使不放進冰箱也沒那麼容易變質，只要放進微波爐熱一下，應該就可以吃了。

喜孜孜地拿起罩子，在看到食物的瞬間，林俊傻了。

心形牛排……而且是雙份的心形牛排！

誰!?到底是誰的傑作？不用這麼浪漫吧!?

在這個家居住的人一隻手就能數出來，既然不是我做的，也就是說這牛排不是安然、便是二哥弄出來的了。

但無論是老實得有點呆的安然，還是冷酷霸道的二哥，都與心形牛肉非常不搭耶！

短短數秒，林俊的思緒陷入一片混亂，大腦瞬間閃過無數想法。

此時，妙妙歡快的吠叫聲打斷林俊內心的糾葛。

林鋒隨著小狗的熱烈歡迎打開大門，才剛步入家門，便看到自家三弟站在餐桌前發呆的模樣。

林俊身前的，是早已被林鋒遺忘了的心形牛排……

林俊瞪大雙眼看著總是處變不驚、彷彿永遠無所畏懼的二哥，在目光觸及這些牛排時露出了心虛的表情！

好吧！至少他不用猜這些心形牛排是誰的……

林俊假咳了聲，善解人意地努力假裝自己沒有察覺林鋒的不自在，道：「怎麼這麼晚才回來，安然呢？」

「他在醫院。」林鋒說這句話時，神情淡然得簡直就像在說「他在吃飯」般自然。

可是林俊聞言，卻全沒林鋒的淡定，道：「在醫院？發生什麼事？難道那個李永榮動粗了嗎？我一看就知道那個男人不是好人！安然怎樣？傷得重嗎？他出院後，二哥你乾脆開始訓練他搏擊吧……」

「不關李永榮的事，他已經死了。」

「嚇!?難道……是安然……」前一秒才剛想像著安然被李永榮打，現在驚聞李永榮的死訊，林俊的腦子仍是轉不過來，立即在腦海裡補著安然受李永榮攻擊，然後自衛時失手殺人的情景。

「不是安然殺的。」

繃緊的心情頓時放鬆，隨即林俊按了按有點發疼的太陽穴，道：「二哥，你可不可以把話一次說完？」

林鋒淡然地說道：「是你不停打斷我。」

理虧的林俊只得閉上嘴巴，安靜聽著林鋒敘述安然那場高潮迭起的拜訪。

林俊驚呼道：「所以，叮鈴的鬼魂一直在李永榮家裡徘徊!?」

「不知道。」

「這麼聽來，瓦斯外洩像是叮鈴的傑作呢！」

「不知道。」

林俊無奈地發現自己已經不想繼續與對方交談，並且有點後知後覺地察覺到林鋒心情不好。

如果說這個世上有能夠把林鋒的氣勢視之爲無物的人，那絕對是被林家寵著的老么林俊了。面對著明顯不想多說的林鋒，林俊竟然還不怕死地挑釁道：「怎麼，後悔了？」

「有一點。」

林俊對二哥那強大的責任感嗤之以鼻，道：「這也不能說是你的責任，安然又不是小孩子了，他還比我大一些呢！」

林鋒挑了挑眉，道：「如果，安然眞的被李永榮打得進了醫院……」

「他敢!?」林俊立即反應很大地怒吼，神情活像個最喜歡的玩具被別人弄壞的孩子，心疼又焦躁。

看到林鋒似笑非笑的神情，林俊假咳一聲，故意把視線投向餐桌上的牛排，道：「安然的事情現在交由警方調查，我們就不要再費心了。倒是這些食物……哪來的？」

雖說林鋒也懂得一些簡單料理，但這些心形牛排怎麼看都不像出自對方之手。根本風格不同啊！

面對自家弟弟促狹的笑容，林鋒沉默半晌，強裝淡然地說道：「是白樺弄的，心形的正好特價。」

「對喔，你今天約了他……等等！這牛排是白警官弄的!?二哥你、你艷福不淺啊！」

林俊還記得自己得知有個警察像瘋犬般死咬住林鋒不放後，當時還是個高中生的他懷著好奇與膜拜的心情，偷偷看過那個把自家二哥弄得焦頭爛額的警察，想瞧瞧對方到底是長三頭六臂還是什麼的。

他記得在晨光下，遠遠看見那個有點瘦削的青年垂首聽著下屬的報告，看起來非常專注的模樣。他的五官精緻而立體，白皙的皮膚泛著珍珠色光澤，睫毛又長又濃密，眼角有著一顆引人注目的藍痣。嘴巴彷彿天生帶著微翹的弧度，偶爾說上兩句時總是帶著微笑，神情溫和得不可思議。

那時候林俊眼珠幾乎看得快掉下來！就是這樣子的一個大美人，把自家二哥逼得幾乎沒有還擊之力嗎!?

白樺雖然年輕，可是無論手段、魄力，還是實力都出類拔萃。當年林鋒對他的追查掉以輕心，以致一開始落了下風，被白樺步步進逼得幾乎喘不過氣來。

再說林鋒對付敵人的手段雖然不算光彩，可是他也是個有底線的人，手段只針對大奸大惡之徒；對於白樺這些警察，即使對方再煩人，林鋒也總會留一線，不會把事情做絕。

因此在不傷害白樺的前提下，失了先機的林鋒竟不是白樺的對手。最後還是家族動用關係將白樺調離原本所屬部門，這才把事情平息下來。

因此林俊對於白樺這朵帶刺的玫瑰可謂印象深刻，現在聽到對方竟然殺進家裡還親自下廚，煮出來的還是充滿某種暗示性的心形牛排，林俊的思緒立即像脫韁野馬般暴走起來，想像了很多有的沒的。

白樺與二哥經歷了一場勢均力敵的鬥智鬥力後各散東西，後來在命運安排下再次相遇。現在因為一宗案件讓兩人有了牽扯，相處之間在外表平和的面具下，兩人都有著各不相讓、桀驁不馴的心……

怎麼愈想下去，愈像相愛相殺的情節啊？這是什麼神展開!?

林鋒並沒有理會林俊到底在妄想什麼，基本上光是看對方猥瑣的神情，也可以預想到他腦海中想著的絕不會是什麼好東西。他可不想自找麻煩，弄清楚對方的想法徒然自找不自在。

「吃東西吧！我也餓了。」

想不到白樺的廚藝真不錯，林鋒把東西翻熱了下，立即傳來陣陣香氣。看著眼前的心形牛排，林俊突然覺得這樣吃下去好有罪惡感。

這明明是人家白大美人大費周章煮給二哥吃的東西，自己吃下去真的好嗎？

見林俊拿叉子對著牛排東戳戳、西戳戳，就是不吃下去，還偷瞄著自己不知道在想些什麼。本已心情不好的林鋒見狀，不禁皺眉詢問：「你這是什麼表情？在看我笑話嗎？」

林俊趕緊搖首道：「不！當然不是！」心裡不由得吐槽：要是你真的是個笑話，誰敢笑啊？

「那你怎麼不吃？」

「我吃我吃！」林俊只得懷著複雜的心情把牛排吃進肚子裡。雖然味道真的不錯，但林俊卻只覺得味如嚼蠟。

氣氛實在有點尷尬，林俊便沒話找話地說道：「對了，午睡時聽到樓下管理處傳來一陣騷動，好像還有人鬧哄哄地不知道在吵嚷著什麼……當時太疲倦了我便沒有理會，發生了什麼事情嗎？」

「公園發生了意外，有個孩子被鞦韆架掉下的鐵棍穿破腦袋、當場死亡。」

「天啊！太可怕了！」林俊剛吃了兩口肉醬義大利麵，看著眼前的番茄醬，不禁聯想到小孩的死狀，感覺實在有點噁心。

「雖然那孩子連腦漿都流了出來，一眼便看出活不成，不過白樺還是很盡責地檢查了他的脈搏，證實了……」

林俊頓時打斷對方的話，道：「等等！你說白樺近距離觸碰了屍體，隨即便上來家裡煮午飯？這看起來特別血淋淋的肉醬義大利麵就是他的傑作……他真的吃得下去嗎!?」

「不知道。」熟悉的答案又來了，林俊覺得今天自家二哥說得最多的就是這三個字。

「怎麼又不知道呀？」林俊已經有點抓狂了。

「確實是不知道，因爲食物才剛弄好他便接到陳清的電話，這些食物還來不及吃。」

「……」林俊看著這番茄醬特別多的肉醬義大利麵，他現在完全不想吃了，怎麼辦？

□

安然本以爲在醫院這種經常有人過世的地方，必定會看到很多鬼魂飄來盪去。原先他已作好整晚受到打擾的心理準備，但不知道是否否極泰來，在最近頻頻走霉運以後，安然終於人品大爆發，竟然讓他在醫院無驚無險地度過了一整夜，什麼奇怪的事都沒有發生。

安然隔天神清氣爽地醒來，接受醫生檢查後證實已無大礙，總算可以出院！

然而出乎安然意料的是，來到醫院的人除了有接他出院的林家兄弟外，竟還有白樺，以及當時爲他錄取口供的顧東明！

白樺兩人與林家兄弟在病房門前碰頭時，皆不約而同地露出訝異的表情，顯然是個別前來，卻碰巧在病房門前意外遇上的。

「有關李永榮與叮鈴的案件，我們已取得一些新線索。安然，你有興趣聽聽嗎？」毫不理會林家兄弟若有似無的敵意，白樺露出讓人目眩的美麗笑容，笑著道出了安然無法拒絕的詢問。

一旁的顧東明聞言後立即不淡定了，道：「頭兒，我們不是來多詢問一些細節，看看能否找到遺漏的東西嗎?現在案件還未審判，我們不能洩露案情!」

白樺拍拍下屬的肩膀，道：「相信我，即使我不說出來，你面前這兩個姓林的不用花太多心思，便會有人把最新情報雙手奉上。」

要是這句話是別人說的，顧東明一定會以爲對方在胡說八道。可說這番話的人是白樺，顧東明並不認爲對方會拿這種事來開玩笑，看向林鋒的眼神不禁帶有警戒與審視。

安然可不理會兩名警察的窩裡反，對於白樺所提出的情報自然是不聽白不聽，立即欣然說道：「反正我還沒吃午飯，聽說醫院二樓有間餐廳，食物的味道不錯。」

白樺笑道：「我請客吧。正好工作期間可以報公帳。」

顧東明聞言，不禁雙手摀臉，心想頂頭上司要是聽到白樺這番故作豪爽的話，大概要哭了吧？畢竟自家頭兒報公帳的狀況，實在比其他公務員多得不只一星半點兒。

其實白樺雖然很任性，但平常對於案情都很保密。不過這次案件之所以會有飛躍性的進度，全賴安然提供的、不可思議的供詞。再加上案中兩名關係人已經過世，白樺也確定了安然與案情沒有直接關係，因此他不介意投桃報李地洩露一點案情給安然知道。

反正有林家兄弟在，安然總會知道詳情，倒不如現在大方一點給安然一個好印象。畢竟安然與林家兄弟同住，總有用得著他的時候，就當是前期投資好了。

當然洩密歸洩密，白樺還是很有分寸的，該隱瞞的地方他可是守口如瓶，沒有透露分毫。

雖然如此，這頓飯下來，白樺還是提供了安然不少有用的資訊。

他們調查安然提到的飯店時，發現李永榮原來在那裡一直長期租住一間房間，方便他和女星與名模幽會之用。

搜查了飯店的監視器後，他們發現叮鈴死亡前一天，曾與李永榮在那個房間約會。而且離開時，那個小小的手提包明顯變得鼓了起來，不知道裡面到底塞滿了什麼。

「叮鈴死亡後，我們曾搜查她的住處，發現不少毒品與針筒，證實她是吸毒的慣犯，理論上她應該不會如此不慎、吸食過量而死才對。然而我們發現毒品裡混入了一些東西，卻不知道這些毒品的來源。順道一提，在我們發現時，這些毒品正放在一個小小的手提包裡，與我們在飯店監視器看到的手提包是相同款式。」

白樺頓了頓，續道：「另外學姊也提供了可靠的情報，娛樂圈一直傳言李永榮也有吸食毒品的習慣，有時還很大方地與他的女伴分享……對了！聽說這段時間李永榮正與叮鈴鬧分手，可是女方不只糾纏不休，還大吵大鬧把事情弄得人盡皆知，我想李永榮應該深感困擾吧？」

安然訥訥地問道：「你是說……李永榮故意提供有問題的毒品給叮鈴，害她吸食致死？」

不是說一夜夫妻百日恩嗎？那個男人也太狠了吧!?

「誰知道呢？現在兩人都過世了，我們的調查也只能到此爲止。」白樺微笑道。

異眼房東の日常生活

尾聲

後來安然才發現，白樺這個漂亮得不像話的男人，睜著雙眼說瞎話的功力到底有多深厚。

要不是看到新聞報導，說警方破獲了一個販毒集團，而且涉案者大多是藝人與名模這些公眾人物，安然也不知道原來叮鈴與李永榮的案子還有下文。

安然不清楚白樺到底是怎樣順藤摸瓜地把李永榮背後的集團連根拔起，也許是從那間飯店的房間、叮鈴的毒品，又或者是從李永榮接觸過的女星爲切入點。

對此，安然沒想去詢問白樺。白樺能夠告訴他的事情已經全說了，不能夠告訴他的，再追問下去也只會顯得不識趣。

安然相信即使自己再追問白樺，對方要不是直言這些是機密，便是把話題繞了數圈後，讓他頭昏腦脹地無功而回。安然可不會因爲這小小的好奇心，主動去做這種吃力不討好的事情。

陳清曾打電話關心安然的傷勢，自從一起經歷了別墅的火災後，兩人的關係已不知不覺地提升至「朋友」的程度，安然對陳清的稱呼也不知不覺由「陳記者」變成了比較親暱的「陳姊」了。

再加上陳清知道安然的異能，能夠讓安然說話時無所顧忌。而且對方的人品也不錯，頗值得深交，因此他很珍惜這個朋友。

兩人言談間提及警方偵破的案件時，安然好奇地詢問：「說起來，陳姊知道最後我們的口供，顧東明是怎樣寫的嗎？」無論怎樣想，顧東明也不會眞的把那種充斥著妖魔鬼怪的供詞交上去吧？

電話另一端傳來陳清爽朗的笑聲，道：「這還用說嗎？不就是你仰慕我的職業，哭著跪求我帶你去見見世面，結果陳姊我心地善良見不得你這麼可憐，心生憐憫下，便只能帶你一起去工作了。」

這麼熟悉的狗血故事，自然是當初安然昏迷時，陳清向白樺他們提供的證詞。

安然悲鳴道：「爲什麼要用這份證詞啊？我說的不是更加合理嗎？」

陳清「哼」了聲，道：「我的口供有什麼不好？有熱血、有夢想、有友情，這種追尋夢想的浪漫你是不會明白的！」

安然本就不是個強勢的人，面對熱血滿滿的陳清，他最終還是笑笑地不再說話。畢竟這份證詞也只是個藉口，這種小事犯不著太認眞，總要給人家女生面子不是嗎？

見安然沒有繼續反駁，陳清幾乎可以想像出安然露出無奈的笑容，軟軟綿綿、一副好欺侮的模樣。瞬間心軟得一塌糊塗，反而主動轉移話題，不再繼續利用這份口供來開安然的玩笑。

「如此一來，叮鈴的案子總算結案了。我想白樺一開始接手這宗命案時，也想像不到最終竟然會在李永榮背後牽扯出那麼大的犯罪勢力吧？現在你那邊怎麼樣，叮鈴的鬼魂應該沒有再出現了吧？」

雖然知道電話另一端的陳清看不見，但安然還是下意識地點點頭，道：「是的，已經沒看見她出現了。我想，她總算是安息了吧。」

陳清笑道：「能夠把那個販毒集團連根拔起，你與白樺可謂居功至偉，你們這次也算是做了件大好事啦！說起來最近白樺就是勞碌命，才剛破了叮鈴與李永榮的案件，卻又立即自薦調查你們那邊的命案……」

「我們這邊的命案？什麼命案？」

「咦！你不知道嗎？你家附近公園前陣子發生意外，鞦韆架塌了下來，斷掉的鐵棍直接穿透一個孩子的腦袋。當時白樺與林鋒路過案發現場，那孩子還是白樺親自檢查脈搏、證實死亡的呢！」

安然聽得整個人都愣住了，道：「呃，我還真不知道，這事情是第一次聽說。」其實仔細想想，安然便覺得自己不知道這事情並不奇怪。畢竟白樺與林鋒在一起，也就是說那孩子出事時，正好是李永榮家發生大火那天，當時他可是摔下樓梯後被送進醫院住了一夜。經過一天的時間，血跡什麼的都被清理了。

雖然後來安然路過公園時，發現鞦韆架被圍上了封鎖線，但他只以為是因為鞦韆架倒塌後，因安全問題，才特地封鎖那個區域，根本沒有往命案的方向去想。

何況這區的住戶大多互相認識，出了這種事大家心裡也不舒服，自然不會拿來當茶餘飯後的話題。再加上自從遇上那個拍皮球的奇怪女孩後，安然每次經過公園都目不斜視地匆匆走過。結果這麼多天下來，安然仍然不知道這場震驚屋苑的意外。

想到這裡，安然忍不住奇怪地追問：「既然只是意外，白警官要追查什麼？」

陳清的聲音透露著疑惑，道：「我也不知道，好像是他當時聽到什麼奇怪的聲音，而且他的第六感又作祟了，說總覺得這事件不簡單什麼的。因此便自薦著要調查這宗案件，他的下屬知道後都快哭了。」

「奇怪的聲音？」

「嗯，我也不太清楚。他說聽到拍皮球的聲音，可是現場卻沒有任何人在拍打皮球……」陳清說到這裡，卻被電話另一頭突如其來的聲響嚇了一跳，道：「安然，你怎麼了!?」

「沒什麼，只是不小心把杯子打破了。」蹲下來清理地面的碎片，安然滿腦子都是剛剛陳清的話，只覺得亂七八糟的理不出頭緒。

在公園拍皮球的聲音，會是自己曾見過的那個拍著皮球的小女孩嗎？

難道，那孩子的死，與那個小女孩有所關聯？

「沒事就好。那你快清理碎片吧，小心別割到自己，我先掛電話了，遲些再聯絡。」陳清知道安然在忙，善解人意地主動掛斷電話。

「好的，再見。」

收拾碎片的安然，突然有種背脊發涼、彷彿某些未知危機正步步逼近的感覺。

血。

心不在焉地撿起碎片的後果，便是指尖被鋒利的邊緣割破，滴下一滴一滴的鮮血。

看著滴落於白皙磁磚上的艷麗紅點，安然恍惚間聽到的卻不是鮮血滴在地上的「滴答」聲，而是一下又一下的，彷彿皮球拍打地面的聲音。

咚、咚、咚、咚……

《異眼房東的日常生活02》完

後記

哈囉，大家好！首先感謝各位購買這本《異眼房東的日常生活02》。

最近經常下雨，下雨天上街眞的不方便。而且天灰灰的，即使是沒有下雨的時候，抬頭還是會看到天空有著一片烏雲。

很想念藍天白雲的天空啊！不過下雨天結束後，氣溫應又會回升、變得很炎熱了吧？想想還眞是糾結呢！

到了燕子繁殖的季節，我家附近有一個已存在了五、六年的燕子窩。今年燕子爸媽又回來了，現在已經能夠看見小燕子們偶爾冒出小頭顱了。

希望小燕子能夠健康成長。小鳥的成長速度很快，說不定大家在看這篇後記時，牠們已經開始拍著翅膀在學習飛翔了呢！

故事來到了第二集，這一集出現了兩個新角色，分別是女記者陳清，以及警官白樺。

這兩個新角色我都很喜歡，陳清是個英姿颯爽的女強人，對事業熱情而執著。至於白樺，則是個外表溫柔俊美、但性格卻是任性得不得了的警官。

無論是記者或刑警，都是我從未寫過的職業。雖然小說中須要描寫他們工作的部分不多，但對我來說還算是滿有意思的挑戰。

另外先與大家說一聲，故事中白樺所身處的「特案組」是虛構的部門，與現實中任何政府的機關無關喔！

所以各位不用太在意這個部門的眞實性，請單純享受觀看故事的樂趣便好了。

大家仍記得在第一集中，出現的那個拍打著皮球的奇怪小女孩嗎？

在第二集裡，這孩子再次出現了。

其實這個小女孩的構想，也是源自於一件曾發生在我身上的奇怪事件。（這麼說起來，我遇過的奇怪事件其實滿多的……）

大約是一年多前吧，當時我帶著我家的小白犬Milk在家附近散步。在離屋苑不遠的地方，有著一些長年沒有人居住、荒廢了的舊式村屋。這種舊式村屋與故事中的屋苑式村屋並不相同，是只有一層、山區農民會住的那種小屋子。

當天我們沿著小徑走，訝異地看到一個年紀很小、看起來不足五歲的小女孩，單獨一人站在一間廢置的村屋前。

那間村屋已經破舊得長滿了雜草，圍著屋子的鐵柵欄也都生鏽了。一個這麼小的小孩子獨自站在柵欄裡，呆呆地從柵欄裡看著外面的小徑，這情況怎樣看怎樣詭異！（大家有興趣的話，可看看封面上作者介紹的照片，我把遇到那個孩子的地方拍下來給大家看XD）

當我看到那個女孩時，因爲情景實在太怪異，因此心裡不禁感到毛毛的。當時有瞬間眞的想裝作沒看見地逕自離開，但卻又擔心會不會是小女孩走失了、需要幫助。最終我還是走了過去，並詢問那個孩子爲什麼獨自一人站在這裡。

然後她竟然說：「媽媽叫我站在這裡等她。」

我聽到她的答案時都呆了，附近除了我們以外，根本沒有人在啊！而且小女孩身處的位置僻靜又多蚊蟲，到底是誰會把一個小孩子丟在這裡啊!?

但無奈人家小女孩說是她母親這麼要求的，我再三詢問她需要幫忙嗎？要不要留下來陪她？女孩都搖首說不用，於是我便與Milk離開了。

雖然這算不上是靈異故事，但我至今還是很好奇，那位母親爲什麼要把孩子留在那種地方待著呢？

對我來說，這是一個永遠的謎團。當時要不是帶著Milk不方便，我眞的想留下來與小女孩一起等媽媽啊！看看那位母親到底是長什麼樣子的。

因爲這次的奇遇，而讓我構思了故事裡的小女孩鬼魂。雖然這個鬼魂的出現及屬於她的故事，與我所遇見的怪事並沒有關聯，但當時那個站著等媽媽的小女孩，的確是故事裡拍皮球女孩的藍本。

另外與大家偷偷預告一下，這個皮球女孩在第三集會佔不少戲分的喔！

敬請各位期待第三集囉（趁機賣廣告XD），我們第三集再見！

香草

異眼房東の日常生活

【下集預告】

意外死去的孩子，夜夜前往安然家按門鈴，
希望有人為他們打開家裡大門。
但無論是皮球女孩，還是鞦韆男孩，都只是傀儡罷了？

為了自保，這次安然決定主動出擊！
異眼青年V.S.凶猛怨靈，最終誰勝誰負！？

第三集．〈夜半門鈴〉八月火熱推出～

香草作品集

脫掉裙子、剪去長髮，誰說公主不能大冒險！
心跳100%，詭異夥伴相隨的刺激旅程！

十二歲離開皇宮的俏皮公主，
五年後，遇上了人生的轉捩點！
人家是麻雀變鳳凰，西維亞卻是──「公主」變「傭兵」!!!

一連串恐怖陰謀與噩耗的重擊下，
西維亞公主一肩扛起天上掉下來的任務：「解救皇室危機」
在淚眼矇矓卻有一副好毒舌的侍女「歡送」下，
聚集超級天然呆魔法師、知性腹黑與爽朗隨性的青梅竹馬騎士長，西維亞正式展開以守護國家爲名的嶄新冒險。

傭兵公主系列（全六冊，番外一冊）

史上最沒幹勁的勇者，被迫上路！

據說每隔數百年，眞神會從我們的世界挑選勇者，
肩負拯救異界的艱難使命。但這次的勇者大人，有點不一樣……

夏思思是個絕對奉行「能坐不站、能躺不坐」的17歲少女。卻被自稱「眞神」的神祕美少年帶到異世界！身爲現役「勇者」，也爲了保住小命，只好心不甘情不願地踏上保護世界的麻煩旅程。

誰知道旅程還未展開，思思便被史上最「純潔」的魔族纏上？帶著一夥實際身分是聖騎士、偏偏又很難搞的夥伴，決定兵分兩路行動的新手勇者夏思思，前途無法預測！

懶散勇者物語系列（全十冊）

撲朔迷離的預言、一分爲二的神力，
史無前例超級尋人任務，黃金單身漢一文二武通通撩落去！

現任神子爲追求女孩兒的幸福，竟與鬼王私奔了，還留下好大一個爛攤子！由史上最年輕丞相與左右將軍組成的神使團，
只好摸摸鼻子、呑下碎唸，扛起尋找下任神子的艱鉅任務！

意外不斷的尋人過程中，神祕少女「琉璃」突然降臨。
她背景成謎，卻武藝、解毒樣樣行，屢屢向神使團伸出援手。
伴隨著危險與希望，吵吵鬧鬧的一行人，將往預言中神子的所在地踏出旅程……

琉璃仙子系列（全四冊）

國家圖書館出版品預行編目資料

異眼房東的日常生活 / 香草 著.——初版. ——台北市：魔豆文化出版：蓋亞文化發行，2015.07
冊； 公分.
ISBN 978-986-5987-66-4（第2冊；平裝）

857.7 104005175

fresh FS086

異眼房東の日常生活 02 索命紅顏

作者 / 香草
插畫 / 水梨 封面設計 / 克里斯
出版社 / 魔豆文化有限公 司
地址◎ 台北市103赤峰街41巷7號1樓
電話◎（02）25585438 傳眞◎（02）25585439
部落格◎ gaeabooks.pixnet.net/blog
臉書◎ www.facebook.com/Gaeabooks
電子信箱◎ gaea@gaeabooks.com.tw
投稿信箱◎ editor@gaeabooks.com.tw
郵撥帳號◎ 19769541 戶名：蓋亞文化有限公司
發行 / 蓋亞文化有限公司
法律顧問 / 義正國際法律事務所
總經銷 / 聯合發行股份有限公司
地址◎ 新北市新店區新店市寶橋路二三五巷六弄六號二樓
電話◎（02）29178022 傳眞◎（02）29156275
港澳地區 / 一代匯集
地址◎ 九龍旺角塘尾道64號龍駒企業大廈10樓B&D室
電話◎（852）2783-8102 傳眞◎（852）2396-0050
初版一刷 / 2015年7月
定價 / 新台幣 180 元
Printed in Taiwan

ISBN / 978-986-5987-66-4

FS086

異眼房東の日常生活

02 索命紅顏

魔豆文化　讀者迴響

感謝您在茫茫書海中選擇了魔豆，您的支持是我們最大的動力。
不要缺席喔，讓我們一起乘著夢想的羽翼，穿越時空遨遊天地！

姓名：　性別：□男□女　出生日期：　年　月　日
聯絡電話：　手機：
學歷：□小學□國中□高中□大學□研究所　職業：
E-mail：　（請正確填寫）
通訊地址：□□□
本書購自：　縣市　書店　□網路書店
何處得知本書消息：□逛書店 □親友推薦 □DM廣告 □網路 □雜誌報導
是否購買過魔豆其他書籍：□是，書名：　□否，首次購買
購買本書的動機是：□封面很吸引人□書名取得很讚□喜歡作者□價格便宜□其他
是否參加過魔豆所舉辦的活動： □有，參加過　場　□無，因爲
喜歡出版社製作什麼樣的贈品： □書卡□文具用品□衣服□作者簽名□海報□無所謂□其他：
您對本書的意見： ◎內容／□滿意□尚可□待改進　◎編輯／□滿意□尚可□待改進 ◎封面設計／□滿意□尚可□待改進　◎定價／□滿意□尚可□待改進
推薦好友，讓他們一起分享出版訊息，享有購書優惠 1.姓名：　e-mail： 2.姓名：　e-mail：
其他建議：

◎請沿虛線剪開、對摺、裝訂後寄出

◎請沿虛線剪開、對摺、裝訂後寄回

廣告回信　郵資免付
台北郵局登記證
台北廣字第675號

魔豆文化有限公司　收

103 台北市赤峰街41巷7號1樓

魔豆